馔

あくたがわ りゅうのすけ

芥川龙之介
小说精选

[日] 芥川龙之介 著 朱娅姣 译

中国友谊出版公司

图书在版编目（CIP）数据

芥川龙之介小说精选 /（日）芥川龙之介著；朱娅姣译. — 北京：中国友谊出版公司，2017.9（2021.11重印）
ISBN 978-7-5057-4144-7

Ⅰ.①芥… Ⅱ.①芥… ②朱… Ⅲ.①短篇小说-小说集-日本-现代 Ⅳ.①I313.45

中国版本图书馆CIP数据核字(2017)第196386号

书名	芥川龙之介小说精选
作者	[日]芥川龙之介
译者	朱娅姣
出版	中国友谊出版公司
发行	中国友谊出版公司
经销	新华书店
印刷	唐山富达印务有限公司
规格	880×1230毫米 32开
	7.75印张 140千字
版次	2018年6月第1版
印次	2021年11月第4次印刷
书号	ISBN 978-7-5057-4144-7
定价	42.00元
地址	北京市朝阳区西坝河南里17号楼
邮编	100028
电话	(010) 64678009

版权所有，翻版必究
如发现印装质量问题，可联系调换
电话 (010) 59799930-601

善与恶不是相反的，而是相关的

芥川龙之介（1892—1927），日本文学大家，以创作短篇小说闻名，其作品《地狱变》《罗生门》《竹林中》已成为世界性的经典之作。其作品既有浪漫主义特点，又有现实主义倾向，凄绝中带有嘲讽，严肃中不失幽默，擅长用自己独特的写作方式将人性无言地铺展在世人面前。1935年以其名字命名的"芥川龙之介奖"成为日本文坛的重要奖项之一。

芥川龙之介

あくたがわ りゅうのすけ

  1892年出生于日本东京，生当辰年辰月辰时，故取名"龙之介"。10岁时生母去世，两年后正式过继为芥川家的养子。

  芥川家是家道没落的旧世家，家教严格，礼法繁缛，作为养子的龙之介，寄人篱下，少不得事事都要隐忍。养父一家颇好文艺，具有江户文人趣味。因是延续十几代的士族，门风高尚，文学、演艺、美术等均是士族子弟必修科目。芥川很早即接触日本和中国古典文学，他的汉文修养出类拔萃，喜读《西游记》《水浒传》等作品。据说他小学四年级时已能写出"但将落叶焚，夜见守护神"这样的俳句，显示出早熟的文学才能。

新思潮派：左二是芥川，左一是菊池宽

自小学习成绩优异，高中时免试入第一高等学校一部乙班（文科），同窗有许多日后的著名作家或诗人。某种程度上来说，这为他日后走上文学道路奠定了基础。20岁那年，写有散文《大川之水》，表达他对乡土的热爱。

21岁进入东京帝国大学英文科学习。大学期间与久米正雄、菊池宽、山本有三等同学，第三次第四次复刊《新思潮》，使文学新潮流进入文坛，文学史上将他们称之为"新思潮派"作家。

22岁的夏天，芥川结识了才女吉田弥生，但因弥生的出身问题，这段恋情遭到养父家强烈反对，芥川不得已与"初恋"分手。此事对他影响甚大，平生第一次在人生大事上遭遇挫折。他因此为人性的根本问题而苦恼，也更加体会到身为养子的不幸。

因心境消沉，于是寄情于创作。大学期间，芥川陆续发表《火男面具》《罗生门》《鼻子》。夏目漱石曾赞赏和推崇《鼻子》，"他将

芥川与妻子冢本文

是独一无二的作家,那样的作品再写上二三十篇当会成为文坛无与伦比的作家"。芥川十分重视这位师父,自我策励,相继发表《孤独地狱》《父亲》《酒虫》《芋粥》《手帕》等作品。

26岁时与冢本文结婚,二人婚后育有三子。同年,他的短篇小说《地狱变》在《大阪每日新闻》和《东京日日新闻》连载。第二年,27岁的芥川开始在大阪每日新闻社任职,但并不上班。两年后,与中国有不解之缘的芥川以大阪每日新闻视察员身份来中国旅行,先后游览上海、杭州、苏州、南京、芜湖、汉口、洞庭湖、长沙、郑州、洛阳、北京等地,回国后发表了《上海游记》和《江南游记》等作品。

1917—1923年,龙之介所写短篇小说先后六次结集出版,分别以《罗生门》《烟草与魔鬼》《傀儡师》《影灯笼》《夜来花》《春服》六个短篇为书名。

生命的最后几年，素来体弱的他被神经衰弱、胃痉挛、肠炎、心悸等多种疾病折磨。1927年7月24日，芥川龙之介服安眠药自杀，享年35岁。

芥川之死，令日本举国震惊，各大媒体都以整版篇幅报道他弃世的消息。文坛更是不胜痛惜，认为他的死，标志一个文学时代的结束。

他代表了从大正到昭和初年，日本知识分子最优秀的一面。（荒正人《现代日本文学史概论》）

这句话盖棺论定，以最高的评价，抒发世人心中最深的惋惜。

芥川在书房

芥川龍之介

我有时会想，二十年后，五十年后，甚或一百年后的事。那时节，已不会知道曾经有过我这样一个人。我的作品集，想必积满灰尘，摆在神田一带旧书店的角落里，徒然等着读者的光顾吧？不，说不定某个图书馆，只剩下孤本一册，封面已给虫蛀得残缺不全，字迹也模糊不清。可是……我转念又想，我的集子，难道就不会有人偶然发现，读上某个短篇，或某几行文字吗？

——芥川的随笔《澄江堂杂记》"后世"一节

其实芥川不必有这种"对将来模糊的不安"的担心，因为他生前身后都太受欢迎了。

1952年，日本"电影天皇"黑泽明以芥川龙之介小说《罗生门》《竹林中》为蓝本创作出的影片《罗生门》，一举斩获第二十四届奥斯卡金像奖，一洗"东方电影是三流电影"的前耻。芥川龙之介的作品更是进入了风靡欧美，有"书界奥斯卡"之称的《企鹅经典文学丛书》。几十年间，其小说和电影的强劲号召力使得"罗生门"一词除了地名、作品名称，更以一种文化符号的姿态被世人熟知。

芥川龙之介在日本乃至世界文学界举足轻重的地位，自不必说。《人间失格》作者太宰治是他的头号迷弟，中学时便醉心于他的作品，芥川的自杀曾对其内心产生强烈的冲击。"芥川奖"设立之初尚无太大影响力时，迷弟太宰治就极其重视这个以偶像名字命名的纯文学奖项，还因在第一届"芥川奖"入围却没获奖而写信"怒喷"否定他的评委——诺贝尔文学奖获得者川端康成。在中国，鲁迅先生在芥川龙之介生前就翻译了他的《罗生门》《鼻子》，介绍给中国的知识分子，其文学影响力可见一斑。

芥川龙之介以短篇小说见长，其作品既有浪漫主义特点，又有现实主义倾向，凄绝中带有嘲讽，严肃中不失幽默。《地狱变》取材于日本古籍《宁治拾遗物语》卷三中的《绘佛师良秀喜欢火烧自家记》和《古今著闻集》卷十一中的《弘高的地狱屏风图》的故事。

该作描述了日本战国时期，一位服务于封建公侯的画师良秀为了追求艺术至上的理想境界、把握真实的美，在明知堀川大公因霸占自己女儿不成而恼羞成怒设下陷阱，还不惜残酷地牺牲自己的女儿，完成了一幅妖血斑斑的"地狱屏风图"而后自杀的故事。

该作发表之时日本刚刚经历了两大战争——甲午战争和日俄战争。这两次战争均以日本的胜利而结束。战争的胜利和巨额的战争赔款给日本经济的发展增添了机会。但伴随而来的则是其国内社会和思想上的矛盾日趋深刻和尖锐。

芥川龙之介在该作中以极端的手法探讨了艺术和人生之间的关系，以残酷的手法揭露了封建领主骄奢淫逸的罪恶和"人间地狱"中底层人的悲惨命运。

目录

罗生门	1
竹林中	9
橘 子	23
鼻 子	29
戏作三昧	37
秋	73
海市蜃楼	91
地狱变	101
毛利老师	137
秋山图	155
西乡隆盛	167
舞 会	183
开化的丈夫	191
蜘蛛之丝	213
黄粱一梦	217
译后记	219

罗生门

时值黄昏时分。罗生门下，有一家仆正在等待雨停。

除他之外，宽广的门楼下空无一人。只有一只蟋蟀在朱漆斑驳的粗大圆柱上住了脚。罗生门即位于朱雀大路，除此男之外，似该再有两三个头戴市女笠[①]和揉乌帽[②]的行人来避雨。可现在，只他一人，再无旁人。

若问为何空旷，那是因为近两三年来京都接连遭遇灾难：地震、台风、大火、饥荒。京城已是格外凋零。据资料记载，有人

[①] 原是行商女子所戴的一种斗笠，平安时代中后期开始，上流社会女子出远门或下雨天时也会戴。笠面平且宽大，正中凸起，笠檐一圈缝有半透明薄纱，用于遮面、防雨和防蚊虫等。

[②] 乌帽是日本中世纪贵族公卿成年男子常用配饰之一，平安时代后期多用漆来加固，使之挺立。此后为方便活动并与狩衣或武家装束相配，形成多种分类。公家常用立乌帽，武家常用折乌帽，平民常用萎乌帽。揉乌帽即萎乌帽的别称之一，使用五倍子染色，较柔软。

曾捣毁佛像佛具，把涂有朱漆和镶嵌金箔、银箔的木头堆在路边当柴来卖。城中已至这般田地，修缮罗生门这种事，自然更是无人过问。借荒凉之便，狐狸作窝，强盗筑巢，一来二去，终于，连扛来无人认领的死尸弃在此处，也成了一种常事。于是，每当天色转暗时，人们都心里发怵，无人敢在此门附近驻足停留。

倒是乌鸦，不知从何处飞来，集结成群。白天望去，无数乌鸦围着高处的鸱尾①边鸣叫边盘旋，飞个不住。晚霞映红门楼上方的天空时，乌鸦的模样分外清晰，像撒下的芝麻似的。不消说，它们是为啄食门楼上的死尸腐肉而来。——但在今日，许是天色已晚，一只乌鸦也没见着。唯见处处残破不堪的、自缝隙里长出长长杂草的石阶上斑斑点点，粘着白色的乌鸦粪便。家仆身穿洗到褪色的藏青色布褂，一屁股坐在七级台阶的最上级，边因右颊上生出的一大颗面疮而感到烦心，边茫然地望着雨丝落下。

笔者刚才写过，"家仆正在等待雨停"。可即便雨停了，家仆也无甚要事可做。若在平时，自然该回到主人家里去。可四五天前，主人已将他辞退。刚才还提到，那时的京都大街已格外凋零。家仆侍奉主人多年，如今被主人辞退，实际上，不过是那场凋零的小小余波。所以，与其说"家仆正在等待雨停"，不如说"被雨困住的家仆无处可去、无计可施"更为妥当。况且，今天

---

① 古代宫殿屋脊正脊两端的装饰性构件，外形略如鸱尾。

这天色，多少也对这位平安朝家仆的 Sentimentalisme[①] 产生了影响。雨从申时末下起，至今没有停止的迹象。那么，眼下的头等大事就是如何维持明日生计——即是说，要为无法可施之事想方设法。家仆边不着边际地思考这些，边似听非听地听着朱雀大路上持续至今的雨声。

雨将罗生门笼住。雨声沙沙，自远处飒然而至。暮色低垂，渐渐压下天空。抬头望去，门楼顶端屋脊处斜斜伸出的飞甍正托举住沉重的层层乌云。

既然为无法可施之事想方设法，就无暇顾及手段。若要顾及，便只能饿死在泥墙下或大路旁，进而被人拖到这门上，像弃死狗似的扔下。若不顾及呢——家仆左思右想，几番掂量之后，终于走到这步田地。可说到底，这"若不"终究是"若不"。家仆固然对"不择手段"一事持肯定态度，但要了结这"若不"，随之而来的必然是"除当盗贼外别无他法"，他又拿不出勇气积极肯定这一桩。

家仆打了个响亮的喷嚏，懒洋洋地站起身。暮色生寒，京都已冷得人想要点上火炉。风和夜色大摇大摆地从门柱与门柱间穿过。停在朱漆柱上的蟋蟀早已不知去向。

家仆缩缩脖子，用力缩起藏青布裰下衬着亮黄汗衫的肩膀，打量着门楼四周。他想，若能寻得一处无风雨之患、可避人耳目，

[①] 感伤，伤感主义。

且能安稳入睡之所，好歹可以对付到天亮。巧的是，一副宽宽的、同样涂着红漆的、通往门楼顶上的楼梯映入眼帘。顶上即便有人，也不过是些死人。于是，家仆边留心不要让挂在腰间的素柄长刀滑出刀鞘，边抬起穿着草鞋的脚，登上楼梯最下面一阶。

几分钟过去了。通向罗生门楼顶的宽梯中段，一名男子猫儿似的弓起身体，屏住呼吸，窥探楼上的情形。火光自楼上漏下，微微照在男子右颊。那是张短须中长着颗红肿化脓的面疮的脸。家仆先前以为楼上无非只有死人，可登上两三级楼梯一看，上面有人点火，且火光似在到处游荡。昏浊的暗黄火光摇摇曳曳，映在边边角角结满蛛网的藻井间，一看即知，楼上有人。敢在这个雨夜、这罗生门上点起火光，必定不是寻常人。

家仆像壁虎般蹑手蹑脚地爬，总算上到陡梯顶头。接着，身体尽可能贴伏放平，只把脖颈伸长，向前探去，战战兢兢地偷瞄楼内。

只见楼内果如传言那般胡乱扔着几具尸体，但火光所及范围比预料中窄，看不清到底有几具。朦胧之中，只能辨明尸体有裸身的，也有着衣的。当然，亦是有男有女；并且，所有尸体都如泥塑土人般张着嘴巴伸开胳膊，横七竖八地散在地上，几乎令人怀疑他们是否曾生而为人。肩部和胸部等突起部分接受幽幽火光的洗礼，凹陷部分则愈发昏暗，哑了似的，永久沉默着。

闻到尸体的腐烂臭气，家仆不禁捂住鼻子。然而，手抬起的一瞬间，他已忘了捂鼻子这桩事，因为某种强烈的感情几乎将他的嗅觉洗劫一空。

此时，家仆那眼珠第一次望到死尸中间蹲着一个人。一个矮小干瘪、头发花白、身穿桧树皮般血褐色和服的猴儿一般的老妪。老妪右手举着燃烧的松明，正端详其中一具死尸的脸。从长长的头发来看，多半是具女尸。

家仆被六分恐惧四分好奇所左右，一时间竟忘了呼吸。借史料作者一言来说，这感觉，就叫作"汗毛倒立"。老妪将松明插在楼板缝隙中，两手扳住一直端详的死尸的脑袋，像老猴给小猴择虱子般，开始一根一根拔起那长发。头发似乎顺手而下。

随着头发一根根被拔掉，家仆心里的恐惧也一点点在消退；与此同时，对这老妪的憎恶则一点点在增加。——不，说"对这老妪"或许是种语病，倒不如说，是对"一切恶行"的反感，一分分在加剧。这时，若有人再次提起先前此人于门楼下思考的"饿死好还是做强盗好"之命题，想必家仆会毫不犹豫地选择饿死。这男子对恶行的憎恶之心正熊熊燃烧着，恰似老妪那插在楼板缝隙中的松明。

当然，家仆并不清楚老妪为何要拔死人的头发，即，从常理推断，并不能知晓此事到底属善属恶。可照家仆看来，在这个雨夜、这罗生门上拔死人头发，只这一桩，便足以归为"不可饶恕的恶行"。不消说，先前自己还打算当强盗那事，已被他忘了个一干二净。

家仆双足运力，腾地从楼梯处蹿了上去。他手握素柄长刀，大步闯到老妪跟前。老妪自是大吃一惊。

一瞥见这家仆，老妪像离弦的箭般跳将起来。

"混账！哪里走！"

家仆如此骂道，堵住被死尸绊得踉踉跄跄的、企图仓皇逃命的老妪的去路。老妪撞向家仆，仍想奔逃。家仆不放过她，再次将她堵回。俩人在死尸中间默默推搡了一会儿。然而，胜败早有定数。最终，家仆扣住老妪手腕，硬是将她拗倒在地。那手腕恰似鸡爪，瘦得皮包骨一般。

"你在干什么？说！不说的话，给你一刀！"

家仆丢开老妪，猛地抽刀出鞘，将白生生的钢刃递到老妪眼前。然而，老妪未发一言，两手哆哆嗦嗦，肩膀耸动，呼吸困难，双目圆睁，眼珠几乎要掉出眼眶，哑了似的，硬是不开口。见此情形，家仆才意识到这老妪的生死完全由自己的意志所掌控。不觉间，这意志已将方才那股熊熊燃烧的憎恶之情冷却下来。剩下的，唯有圆满完成某件工作后那份安稳的沾沾自喜和心满意足。于是，家仆俯视着老妪，将语气稍稍放缓。

"我不是检非违使[①]衙门里的衙役，路过这门，是个过路的，

[①] 日本古代官职，意思是"对非法、违法之事予以监察的天皇的使者"，负责维持京都地区的治安，管辖京都地区的民事问题等。

不会绑你去见官。只要告诉我，这个时间、你在这门上干什么，就放过你。"

一听这话，老妪瞪得斗大的双眼睁得更圆了，她死死盯住家仆的脸，眼眶泛红，目光如肉食鸟般锐利。接着，皱巴巴的、几乎要与鼻子混在一处的嘴唇像咀嚼什么东西似的，动了一动。细细的脖子上，尖尖的喉结在蠕动。这时，上气不接下气的、鸦叫似的声音从喉中传出，钻入家仆耳中。

"拔这头发、拔这头发，去做假发。"

没想到老妪的回答这么平庸，家仆失望了。同时，先前那股憎恶和冰冷的轻蔑之情一并涌上心头。这神色，对方大约也看得明白。老妪一手仍捏着从死尸头上拔下来的长发，用蛤蟆低声咕哝般的声音，支支吾吾地说出这样一番话来。

"说实在话，拔死人的头发，可能是缺德。可这里这帮死人，就算被我拔头发，也是活该。正被我拔头发的这个女人，她呀，以前还把蛇切成四段晒干，说是鱼干，卖到军营里去咧。要不是害瘟疫死了，说不定还要去卖呢。军营里的人都说这女人的鱼干味道鲜，做菜好，顿顿都离不了。我觉得这女人没干缺德事。不干就得饿死，没办法啊。所以，我觉得自己现在干的事也不缺德。一个道理嘛！我不干，也得饿死，没办法啊。这女人理解不得不干某些事的苦衷，想必也能宽恕我。"

老妪的话，大致就是这个意思。

家仆收刀入鞘，左手按住刀柄，冷冷地听完这番话。不消说，听的过程中，他仍为右手按住的、脸颊上那颗红肿化脓的面疮而感到烦心。不过，这过程中，他生出一股勇气。一股先前于门楼下未曾生出的勇气；且这股勇气与刚刚蹿到楼上捉住老妪时那股勇气截然不同，完全奔向了相反的方向。彼时，对于"饿死好还是做强盗好"，家仆非但不再犹豫，甚至饿死与否都已放逐意识之外——此人内心几乎已想不起还有这选项。

"果真如此？"

老妪话音刚落，家仆便语带讥讽，跟了一句。接着，他上前一步，右手忽地离开那面疮，揪住老妪衣襟，咬牙切齿地说："那么，我剥了你的衣服，你也不会怨我吧？不这么干，我也要饿死了！"

家仆飞也似的扯下老妪的和服，把抓住他脚腕的老妪狠狠踢倒在死尸堆上。不消五步，他便走到了楼梯口。家仆夹着剥下来的、桧树皮般的血褐色和服，转眼间便跑下陡梯，消失在夜色深处。

老妪如气绝一般躺着不动，少顷，自死尸堆里坐起，全身赤裸。她嘟嘟囔囔，发出呻吟声，借着还在燃烧的火光，向楼梯口爬去。短短的白发倒垂下来，脑袋伸出楼梯口，朝下方窥探。外面唯有黑洞洞的夜。

家仆的去向，无人知晓。

竹林中

遭检非违使盘问之樵夫的陈述

正是，发现那具尸体的，的确是小人。今儿个早上，我像往常一样去后山砍杉树，结果在山坡背阴那面的竹林里看见一具尸体。您问在哪儿？那地方离山科大道有个四五町①远吧，竹子跟瘦巴巴的杉树混着长，没人往那儿去。

死者穿件淡蓝色水干②，戴顶京式铓③纹乌帽，仰面朝天，倒在地上。虽说只挨了一刀，可正好扎在心口上，尸体周围的竹叶被血染得黑红。不对，血已经不往外流了，伤口好像干了。还有只马蝇，跟没听见我走过去似的，叮在伤口上不撒嘴。

---

① 长度或面积单位。表长度时，1町约等于109.09米。四五町远，即四五百米。
② 平安、镰仓时代平民日常便服，与狩衣同源，但水干的领口处用细带接系，不用颈扣。
③ 乌帽表面凹凸不平的皱褶形成的纹路称为铓，铓有大铓、小铓、柳铓、横铓之分。

发没发现佩刀什么的？不，什么也没看见。就是尸体旁边的杉树根那儿有段绳子，还有……对对，除了绳子，还有把梳子。尸体旁边就这两样东西。不过，一大片野草跟竹子的落叶被踩得乱七八糟。被杀前，那男的肯定跟人狠斗了一场吧。啥？您说没看见马？那地方，马压根儿进不去。怎么说跟能走马的大路也隔着一片竹林呢。

遭检非违使盘问之行脚僧的陈述

贫僧昨日确然见过死者。昨日……晌午时分吧，在关山去往山科的路上。那男子与一骑马女子同行，往关山方向来。女子竹笠上罩着面纱，不知是何长相，只能看见她身穿萩重色[①]衣裳。马是桃花马——马鬃好像被剃得又短又齐。您问马的个头？总有四尺来高吧。……贫僧到底是个出家人，对这方面不太了解。男子……哎，佩着刀呢，还带着弓箭。尤其是那黑漆箭筒，贫僧到现在都记得清清楚楚，里面有二十多支箭。

真是做梦也想不到，那男子竟有如此结局。不过，人这一世，正可谓"如露亦如电"。呜呼哀哉，无理可辩，着实可怜。

[①] 平安时代，上流阶层女子所穿的绢衣大多轻薄，且为多层，里面的颜色透出外衣，形成独特的叠色，人们便以不同季节的植物的色彩印象来为各种配色法命名，营造季节感。萩是秋之七草之一，萩重色是紫色外衣和青紫色里衬的叠色。

遭检非违使盘问之放免[①]的陈述

您问被小人擒住的男人？应该是叫多襄丸，不会错，有名的强盗。擒住他时，他大概从马上摔下来了，正躺在粟田口的石桥上哼唧呢。您问时间？是昨晚初更时分。以前就抓过他，那时，他也穿着现在这身藏青色水干，腰上别把雕花大刀。不过这一回，如大人您所见，除了刀，他还带着弓箭之类的东西。是吗？那是死者曾持有的东西……那么，行凶杀人的，无疑就是这多襄丸。皮弓、黑漆箭筒、十七支鹰羽箭矢——这些大概全是死者的东西。是，如您所说，马是桃花马，马鬃剃得又短又齐。这畜生把他摔下马来，肯定是某种现世报。马拖着长长的缰绳，在离石桥不远的地方啃路边的青草来着。

这个叫多襄丸的家伙，在洛中[②]混饭吃的强盗里边也是出了名的好色之徒。去年秋天，鸟部寺宾头卢罗汉大殿的后山，一个前来进香的妇人跟一个小丫鬟双双被杀，据说就是这家伙干的。死者要是被这小子害死，那骑桃花马的妇人身在何处、

[①] 检非违使的部下之一，地位最低，多为刑满释放的、有犯罪前科的人或现仍在服刑但愿意听从检非违使差遣来抵消刑期的罪犯，负责追踪、逮捕、拷问、关押犯人。
[②] 平安京别名"洛阳"，洛中由此派生而来。平安京是仿照中国唐朝时期的洛阳和长安所建。平安京分为左右两个区域，彼此对称；左京对应洛阳，右京对应长安。从民间概念上看，洛阳一侧被称为左京，长安一侧被称为右京。后因两侧发展不一，右京衰败，左京洛阳逐渐成为平安京的代名词。左京洛阳的中心区域称为"洛中"。

什么状况,就不得而知了。恕小人多嘴,在这件事上,您一定要多加盘问。

遭检非违使盘问之老妪的陈述

死的那男人,正是小女委身之人。不过,他不是京都人士,是若狭国府①的武士,名叫金泽武弘,二十六岁。不,他性子温和,不可能与人结怨。

您问我女儿?小女真砂,年方十九,性格刚烈,不输男人。除武弘之外,从未跟别的男人相好。她肤色略黑,瓜子脸小小的,左眼下有颗黑痣。

昨天,武弘携小女一同前往若狭,不料,遭遇这等横祸,作的是什么孽啊。女婿死了,我自认倒霉,可小女究竟怎样?只这一件,我实在担心得不行。求青天大老爷给老婆子做主,就算扒开每一寸草皮,也要找到小女的下落。说来也真可恨,都怨那个叫什么多襄丸的狗贼,不但杀了我女婿,连小女也……(泣不成声无法说下去)

---

① 古代日本按照地域划分为若干个"国",例如,相模国、美浓国、近江国等等,国府即每个国中的中央都市,是该国的政治中心。

多襄丸的供词

男人是我杀的，可我没杀女人。那她去哪儿了？我怎么知道。且慢！大人，不管怎么拷问，不知道的事就是不知道啊。再说，我都落到这步田地了，也不会厚颜无耻地隐瞒啥啦。

昨天晌午过后，我遇见那小两口。那时刚好有风吹过，女人竹笠上的面纱被掀起来，我瞥见了她的容貌。一眨眼……就看了一眼，面纱一挡，又看不见了。估计就因为这，才觉得那女人美得像菩萨娘娘。我顿时打定主意：就算杀了男人，也要把女人抢过来。

嗨，杀个人而已，没你们想的那么严重。反正也要抢女人，男人肯定得杀掉。不过，我杀人时用的是腰上的大刀。你们杀人可不用刀，仅凭权力、金钱，甚至几句假仁假义的话，就能送掉人一条命吧？不错，在你们手里，那男人不会流血，能活得好好的——可你们总归杀了人。论起罪孽，恶的是你们，还是我？鬼才晓得。（嘲讽地微笑）

话说回来，只要能抢走女人，就算不杀男人也没大碍。我当时的心思应该是，弄到女人就罢手，男人嘛，能不杀就不杀。可那是山科大道，没法干那档子事，我就想了个法子，把小两口骗进山里。

事情倒也不难做。和那小两口结伴上路后，我对他俩说，对面山里有座古墓，掘开古墓一看，发现一大堆古镜和大刀，为掩人耳目，我把那些东西埋在山坡背阴处的竹林里，若是有人要，随便哪件，都打算便宜出手。不知不觉间，男人心动了。后来嘛……您猜怎么着？贪欲这东西，是不是挺可怕的？不到半个小时，小两口就掉转马头，跟着我往山路上走了。

走到竹林前，我就说，宝贝埋在里边，进去瞧瞧吧。男人财迷心窍，没什么异议。可女人不肯下马，说在外面等。那片竹林密密匝匝，也难怪她要说这话。老实说，她这样，正中我下怀，所以，我就丢下女人，跟男人一起钻进竹林。

开始几步，林子里全都是竹子。不过，走了大概半町，就到了有点开阔的杉树丛——要下手，那地方再合适不过。我扒着竹子，煞有介事地扯谎，说宝贝就埋在杉树丛下。听我这么一说，男人拼命往一眼就能看见瘦巴巴的杉树的地方走去。

很快，竹子就稀稀落落的了，眼前出现几棵并立的杉树……一走到那儿，我就猛地把他按在地上。男人不愧是个佩刀的，力气看着好像也大，但不小心着了我的道儿，还是敌不过我。转眼间，我就把他绑牢在一棵杉树根上。绳子？绳子是强盗们的法宝，说不好什么时候就要翻墙越户，所以，会牢牢拴在腰上。当然，为了不让他叫出声，还得用竹叶满满地填他一嘴，其他的，倒也没费事。

解决完男人后，回头去找女人，跟她说，你男人好像突然发病了，快去瞧瞧。不消说，她也上当了。女人摘下市女笠，我拽着她的手，一直把她带到竹林深处。可一走到那地方、看见男人被绑在杉树根上——瞧见这个，不知打什么时候起，她从怀中掏出一把明晃晃的护身匕首。长这么大，还没见过性子这么烈的女人呢。那时候，要是一个不小心，肚子管保要挨上一刀。换句话说，就算我能闪身避开，但她接二连三地扎过来，保不齐身上什么地方也要挂彩。不过，老子可是多襄丸，怎么说也犯不上拔刀，结果，还不是把那匕首打落在地。一个女人，任凭性子再烈，没了家伙，也就从了。我终于如愿以偿地占有了女人。不杀男人，也办得到。

用不着杀那男人……不错，我本来就没打算杀他。我撇下伏在地上嘤嘤哭泣的女人，正要往竹林外逃，女人突然一把揪住我的手腕，发疯似的缠上来。嘴里还断断续续地叫着。仔细一听，她说的是"不是你死，就是我男人死，你俩之间必须死一个，被两个男人看见这副惨样，我比死还难受"。接着，她又气喘吁吁地说："谁活着，我就跟谁。"这时，我对那男人突然起了杀意。
（阴森森的兴奋模样）

我说这话，各位大人肯定觉得我比你们更残忍。那是因为你们没看见她的容貌，尤其是她那瞬间火烧火燎的小眼神。跟女人四目相对时我就想，就算天打五雷轰也要娶她为妻。要娶她——

我脑子里只有这一个念头。这不是你们想的那种下流色欲。如果当时只有欲望，没存别的想法，早就一脚踢开她逃了。要是那样，我的刀也不会沾上她男人的血。可是，在昏暗的竹林里，我盯着她的脸，瞬间就明白过来：不杀了她男人，我就走不了。

不过，就算要动刀，也不想用卑鄙的手段。我给男人解开绳子，叫他拎刀。（杉树根下的绳子是那时随手一扔忘在那里的）男人面无血色，抽出那把大刀，一言不发，满腔怒火，提刀便朝我冲来。……决斗的结果，也不用说了。拼到第二十三回合，我一刀刺穿他的胸膛。是第二十三回合——千万别忘了提这点。只有这点，现在想来，都还挺佩服他。能跟我大战二十回合的，普天之下，也只有那男人了。（快活地微笑）

男人一倒地，我就提着血淋淋的刀回头找那女人。结果……您猜怎么着？女人怎么就没了踪影呢！逃到什么地方去了？我在杉树丛里找来着，可落下的竹叶上没留下逃跑的脚印。我又试着竖起耳朵听，只听见男人临死前喉咙里发出的捯气儿声。

说不定早在我俩拔刀相向时，女人就溜出竹林逃到外边搬救兵去了——这么一想，觉得自己性命堪忧，就抢了男人的大刀跟弓箭，赶紧回到原来的山路上。女人的马还在那儿呢，正安安静静地吃草。后边的事，说了也是废话。不过，进京前，我把那把大刀卖了。……我能招的，就这么多。反正我这颗脑袋总有一天会吊起来示众，干脆给我来个极刑算了！（大义凛然的态度）

到清水寺来的女人的忏悔

……那穿藏青色水干的男人糟蹋完我后，瞧着被绑住的丈夫，嘲讽般地笑了。丈夫该是多么万念俱灰啊。可不管怎么挣扎，身上的绳子只会越来越紧，勒进肉里。我不禁连滚带爬地往丈夫身边奔去。不，是想要奔过去。男人却冷不防将我踢倒在地。就在此时，我察觉到丈夫眼中闪烁着难以言说的光芒，一种无法形容的……直到现在，一想起那个眼神，我还是会浑身发抖。那一刻，通过那眼神，连声儿都不能出的丈夫把所有心思都传达出来了。然而，他眼中闪着的既非愤怒，也非悲伤……是对我的轻蔑。多么冰冷的目光啊！与其说我是被那男人踢倒，不如说，我是被丈夫的眼神所击倒。我不由得惨叫起来，最后，我昏了过去。

很快，我悠悠转醒。穿藏青色水干的男人已不知去向，只剩下被绑在杉树根上的丈夫。我好不容易从竹子的落叶上撑起身子，望着丈夫。丈夫的眼神丝毫没有变化，冷冷的轻蔑中潜藏着深深的憎恶。羞愧、悲哀、愤怒——我不知该怎样形容那时的心情。我晃晃悠悠地站起身，挨近丈夫身边。

"官人，事已至此，我是没办法再伴你左右了。我决定，狠下心死了算了。可是……可是，请你也死一遭吧。你亲眼看着我被人凌辱，我不能独留你一个人活在这世上。"

我艰难地说了这番话。丈夫仍一脸嫌恶地盯着我，我的心都要碎了。我强忍着，去找他的刀。可刀大概被那贼人抢去了，竹林里不仅没有刀，连弓箭都已经不见。幸好，匕首还在，就掉在我脚下。我捡起匕首，再次对丈夫说："请把性命交出来吧，我随后就来陪你。"

听见这句话，丈夫的嘴唇终于动了。当然，因嘴里塞满竹叶，半点声音都发不出来。可看着他的嘴唇，我马上就领会到他的意思。丈夫带着轻蔑，只说了两个字：杀吧。我简直身在云里雾中，一下子就用匕首刺穿了穿着淡蓝色水干的丈夫的胸膛。

那时，我可能又一次昏迷了。再度转醒时，环顾四周，看见丈夫还是被绑着，已然断了气。一缕西沉的落日余晖从与竹子交错生长的杉树丛上空照射下来，落在他苍白的脸上。我哽咽着解下尸体上的绳子，扔到一边。之后……您问我之后的状况？关于这事，我已经无力再述。总之，不管怎么试，我都死不了。用匕首抹脖子，往山脚下的池塘里跳，各种死法都试过，就是死不了。苟活于这世上，着实不值得骄傲。（落寞地微笑着）我这种不中用的人，或许连观世音菩萨都要撒手不管吧？唉！我这个弑夫的女人，我这个被贼人糟蹋的女人，我到底该如何是好呢？我到底……到底……（突然号啕大哭）

借巫女之口说话的鬼魂的陈述

……贼人糟蹋完妻后,坐在原地,百般安抚妻。我自然无法开口,身体还绑在杉树根上呢。可是,这过程中,我几次三番地朝妻使眼色。别把那些当了真,那都是一派胡言——我想传达出这个意思。妻却失魂落魄地坐在落叶上,直愣愣地望着膝头。这分明是一副听得入了神的样子,是不是?我妒火中烧,扭动着身体。贼人一句接着一句,巧妙地进行说服。"既已失了身,哪怕就这一回,也没法跟丈夫重修旧好啦。与其跟他过日子,不如考虑考虑,嫁给我?俺不也是因为看上你了,才一时冲动,干出这种事来吗?"——终于,贼人连这种话都说了出来。

听贼人这么说,妻抬起头,一脸陶醉。迄今为止,还没见过那么美丽的妻。可你知道当着被绑的我,这美娇妻是怎么回答贼人的吗?尽管我现在徘徊于中有[①]期间,可一想起妻的回答,嗔恚[②]之心就熊熊燃烧起来。妻答得清清楚楚:"那你就带我去天涯海角吧。"(长时间沉默)

[①] 佛教用语。"有"的意思是生存、活着,也包含"心中有情"这层意思。一部分佛教派别将生命轮回分为四个相续阶段,生有、本有、死有、中有,称为四有。中有即生命在死亡之后到下一期生命开始前的中间状态。
[②] 佛教用语,厌恶、愤怒、侵略他人的一种心结。"嗔"是发脾气,形于外;"恚"是生闷气,形于内。

妻犯的罪，不仅这项。若只有这项，我何至于在幽冥暗界痛苦到这个地步。贼人拉着如痴如醉的妻正往竹林外走时，妻忽地脸色一变，指着杉树根下的我说："请杀了那个人。只要那人还活着，我就没法跟你在一起。"妻发了疯似的狂叫，不断喊着"请杀了那个人。"——这话像一阵狂风，即使是现在，也能把我吹得头下脚上，栽进深渊。人类嘴里竟会吐出如此可憎的话语，这种事，你们见过吗？人类耳朵里灌进令人憎恨的话语，这种话，你们听过吗？哪怕就一次？（突地迸发出嘲笑声）听见这句话，贼人亦骇然变色。"请杀了那个人。"妻边叫边不断拉扯贼人的手臂。贼人紧盯着妻的脸，毫无反应，没说杀，也没说不杀……还在转念间，他突然一脚将妻踢倒在地面的竹叶上。（再次迸发出嘲笑声）贼人静静抱起双臂，看了我一眼，说："你想怎么发落这女人？杀了她，还是放过她？要杀，你点个头就行。杀不杀？"……仅凭这句，我就愿意原谅这贼人的罪。（复又沉默，久久地）

趁我还在犹豫，妻大叫一声，突然飞快地跑入竹林深处。贼人立刻扑过去，可连她的袖子都没抓着。我像做梦似的，一直瞧着这幅景象。

妻逃跑后，贼人拿走刀和弓箭，又将我身上的绳子割断一处，说："这回该换我逃了。"——贼人消失在竹林外时，我听见他这么嘟囔来着。之后，四周寂静无声。不，有人在哭泣。我边

解开绳子边竖起耳朵，可仔细倾听后却发现，那是我自己的哭声啊。（第三次长久沉默）

最后，我一身疲惫，终于从杉树根旁站起来。妻那把掉落在地的匕首正在我面前闪着寒光。我捡起匕首，猛地刺进胸前。嘴里涌进一股血腥味，可一点也不痛苦，只是，胸前渐渐发凉，四周渐渐沉寂。啊，何等寂静！山坡背面的竹林上空，连只小鸟的啼鸣声都听不到，唯见寂寞的日光笼罩在杉与竹的树顶叶梢。渐渐地……日光也黯淡了……已看不见杉与竹。我躺在地上，被深深的宁静所包围。

这时，有人蹑手蹑脚地走到我身边。我往那个方向看去，可不知从何时开始，四周已是灰蒙蒙一片。有人伸出手——我看不见那是谁——轻轻拔出我胸前的匕首。同时，我嘴里再次喷出一阵血雨。那之后，我便永久坠入生与死之间的黑暗中……

橘　子

　　一个阴沉的冬日黄昏，我坐在自横须贺发车北上的二等客车一隅，呆呆地等待发车汽笛声响起。车厢里早已亮了灯，难得的是，除我之外，再无其他乘客。朝外一瞧，今天，昏暗的月台上连个送行的人都没有，唯有一只关在笼子里的小狗时不时发出哀怨的叫声。此番景象与彼时心境竟出奇地吻合。脑海中笼罩着莫可名状的疲劳和倦怠，好似即将飘雪的天空般阴沉。我把两只手插进大衣兜里，再不抽出，连从兜里掏出晚报来看的兴致都没有了。

　　不一会儿，发车汽笛声响起。我心里略自在了些，把头靠在后方窗框上，无可无不可地等着眼前的车站开始缓缓后退。然而，车还未动，只听检票口那边传来一阵矮齿木屐的咔嗒咔嗒声，瞬间，伴着列车员的叫骂，我乘坐的二等车厢车门唰的一声被人拉开，一个十三四岁的小姑娘慌慌张张地走进来。与此同时，火车猛地晃了一下，徐徐开动。月台上，一根根自眼前掠过的柱子、似乎被人遗忘的送水车、朝车厢内递出小费的乘客行礼道谢的红帽子搬运工——一切的一切，都在吹向窗户的煤烟中依依不舍地向后退去。我总算松了口气，点了支烟，这才懒洋洋地抬起眼皮，瞥了瞥在我对面坐下的小姑娘的脸。

那是个地道的乡下姑娘。没有油性的头发拢向后方，梳成银杏髻，布满皲裂横纹的脸颊红得让人恶心。脏兮兮的草绿色毛线围巾耷拉着，垂到膝盖，膝上放着一个大包袱。抱着包袱的手生满冻疮，十分珍惜地紧紧捏着一张红色三等车票。我不喜欢小姑娘那粗鄙的长相，邋遢的装束也令我心生不快。她甚至蠢到连二等车厢和三等车厢都分不清，叫人恼火。因此，点上烟后，也算是有心忘记这小姑娘，我漫不经心地把大衣兜里的晚报摊在腿上，读起报纸。这时，车外射入的光线突然转成电灯灯光。光落在报纸上，几行印刷粗糙的铅字映入眼帘，分外扎眼。很明显，火车已驶入横须贺线多条隧道中的头一条。

然而，即便借着灯光浏览晚报，依然无法排遣心中的烦闷。报上登的尽是些世间寻常事。和谈问题、新婚夫妇、渎职事件、讣告……进入隧道的瞬间，我生出一种火车仿佛逆向行驶的错觉，同时，近乎机械地一条条扫视着那些乏味的消息。不消说，这期间，我始终不得不在意那小姑娘。她坐在我面前，脸上的表情恰似庸俗现实的人格化。这隧道中的火车，这乡下小姑娘，并这刊满寻常消息的晚报——不是象征，又是什么呢？不是令人费解的、卑贱的无聊人生，又是什么呢？我对一切都感到兴味索然，将未读完的晚报丢在一旁，又把头倚在窗框上，像死人般闭上眼，打起盹儿来。

几分钟过去了。暮地，我惊觉有东西在干扰我，不由得环顾四周。不知从何时起，小姑娘竟从对面座位上挪到我身边来，几次三番，想要打开车窗。沉重的玻璃窗似乎颇难如她所愿。满是皴裂的脸颊更红了，间或吸溜鼻涕的声音和低低喘粗气的声音一股脑地钻入耳中。自然，这足以唤起我几分同情心。暮色下的半山腰上，唯有枯草清晰可辨，眼看就要迫近窗前，可见火车即将开进隧道口。尽管如此，小姑娘仍欲特意打开已关好的窗——不理解她为什么要这样做。我只能认为，她这是心血来潮。所以，我依旧抱着幸灾乐祸的心理，冷眼望着那双生满冻疮的手与车窗苦战恶斗、望着她拼命想要打开车窗的模样，希望她永远也打不开。少顷，火车带着凄厉的轰鸣声冲进隧道，与此同时，小姑娘想要打开的那扇窗终于啪嗒一声落了下来。接着，一股黑得像烧融的煤一样的黑色空气忽地化为令人窒息的黑烟，从方形车窗中呼呼灌入。我的嗓子本来就不好，还没来得及用手绢捂住脸，烟就扑面而来，害得我咳得上气不接下气。小姑娘却不以为意，将脑袋伸出窗外，直直地盯着火车前进的方向看，任凭黑暗中的风吹拂银杏髻旁的鬓发。我在煤烟和灯光中望着她。这时，眼见得窗外亮堂起来。要不是泥土、枯草和水的气味飘进窗内让我总算止住了咳嗽，准会劈头盖脸地将这小姑娘训斥一顿，再让她照原样儿关好窗户。

火车此时已安然穿过隧道，在贫瘠的、被成堆枯草左右夹击的郊外铁道口上前行。铁道口附近全是破破烂烂的茅草房和瓦房，它们杂乱无章地挤在一起。大概是道工在打信号，一面颜色发白的、形单影只的小旗懒洋洋地在暮色中飘摇。可算出隧道了——正想这个时，我看见萧索的道口栅栏对面站着三个脸蛋通红的、肩并肩挤在一起的男孩子。他们都是小矮个儿，矮得像被阴沉的天空压低了似的。和服的色调跟这阴森森的郊外景象一个模样。他们抬头望着火车经过，一齐举起手后，立刻扯着稚嫩的嗓音拼命尖叫，却听不出他们喊的是什么。就在此时，上半身探出窗外的小姑娘张开生满冻疮的手，使劲挥舞。忽地，五六个橘子带着令人心情雀跃的和煦阳光之色，一个接一个地朝目送火车开过的孩子们的头上落去。我不禁屏住呼吸，顿时恍然大悟。小姑娘很可能是要去当用人，把揣在怀里的几个橘子从窗口扔出，犒劳特地来铁道口送行的弟弟们。

暮色下的郊外铁道口，发出小鸟啼鸣声的三个孩子，还有散落在他们头顶上方的橘子那鲜艳的颜色———一切的一切，都在车窗外转瞬即逝。然而，此情此景却深深地、痛切地铭刻在我心中。由此，我产生一股莫名其妙的、豁然开朗的心情。我昂起首，像看另一个人似的注视着小姑娘。不知从何时起，她已回到自己的座位上。满是皲裂的脸颊依然裹在草绿色的毛线围巾里，抱着大包袱的手中紧紧攥着一张三等车票……

　　直到这时，我才稍稍忘却了那难以言喻的疲劳和倦怠，还有那令人费解的、卑贱的无聊人生。

鼻　子

　　说起禅智内供①的鼻子，池尾地方无人不晓。那鼻子足有五六寸长，自嘴唇上方垂至下巴，上下一般粗细。正可谓：一条状似细长腊肠的物什从脸庞正中耷拉下来。

　　内供已年过半百。从还是小沙弥开始，到今天升任内道场供奉，这鼻子始终是他的一块心病。当然，表面上，他总是装作若无其事。这倒不仅仅因为应一心笃信来世净土的和尚不宜惦记鼻子，不如说，他是不愿让人知道自己在意鼻子。平时跟人聊天，内供最怕人提"鼻子"二字。

　　内供忌讳鼻子，理由有二。一是鼻子的长度着实带来不便。首先，就没法自个吃饭。一个人吃饭，鼻尖会杵进金属碗盛的米

---

① 供职于宫中佛殿的高僧的统称，又称供奉、内供奉，为最高统治者诵经念佛，祈求安康。

饭里。于是，内供就让一个徒弟坐在食案对面。开饭时，用一寸来宽二尺来长的木板捧着他的鼻子。可是，这么个吃法，不管对捧着鼻子的徒弟还是对被捧鼻子的内供来说，都颇为不易。有一次，替那徒弟行事的中童子[①]打了个喷嚏，拿着木板的手一抖，鼻子就戳进粥里去了。当时，这事还沸沸扬扬地传到了京都。然而，这绝不是他为鼻子所苦的主因。因为这鼻子，自尊心受到伤害，这才是他痛苦的真正原因。

池尾的老百姓都说，禅智内供长了这么个鼻子，出家为僧，乃是顺应天意。大家都觉得，冲那鼻子，也没人会嫁给他。甚至有人评判说，内供大概是因为那鼻子才出家的。可内供觉得，纵然当了和尚，鼻子带来的烦恼也没有减少。较之能否娶上妻子这种结果性的事实，自尊心倒敏感得多。于是，内供试图从积极和消极这两方面来恢复受损的自尊心。

最初，内供想到的办法是让这长鼻子看起来比实际尺寸短。没人时，他就对着镜子，边从不同角度反复照看边用心寻找窍门。有时，光改变脸的角度还不放心，便一会儿以手托腮，一会儿杵着下巴，不厌其烦地照。可鼻子一次都没短到让他心满意足的地步。有时，他甚至觉得，越是煞费苦心，鼻子看起来越长。每当此时，内供就把镜子放回镜匣，顿悟般地叹口气，不情不愿

[①] 在寺院里打杂的十二三岁的少年。

地再次转向经案，念起《观音经》。

此外，内供没完没了地观察别人的鼻子。池尾寺是个经常有人给和尚上供或举办讲经会的地方，禅房盖得密不透风。寺里的和尚每天都在澡堂里烧洗澡水，因此，出入这里的僧俗之辈很多。内供不厌其烦地打量这些人的脸，哪怕只寻到一个人长着跟自己一样的鼻子，也能松口气。所以，内供眼中根本就没有淡蓝色水干或白色单衣，至于平日常见的橙色帽子和暗褐色袈裟，更是视而不见。内供不看人，只看鼻子。鹰钩鼻倒是有，但没人跟他长一样的鼻子。几次三番，找寻无果，内供渐次恼怒起来。跟人说话时，内供会不由自主地捏起耷拉下来的鼻头，不顾年纪、没羞没臊地红起一张脸，正是因为这股不快。

最后，内供竟然想在佛经和天下书籍中寻出一个跟自己长同样鼻子的人物，也好排遣一下内心的苦闷。然而，没有一本经书上记载过目犍连尊者跟舍利弗尊者有长鼻子。不消说，龙树菩萨和马鸣菩萨的鼻子也跟常人一般无二。内供听人说起震旦[①]，说蜀汉的刘备长了一对长耳朵，他就想，刘备要是长鼻子，自己心里该得到多少慰藉啊。

内供一方面如此煞费苦心地、消极地做着这些事，一方面积极尝试把鼻子变短的方法。他的努力，不再赘述。内供把能做的

[①] 古印度对中国的称呼。

事都做了，用王瓜熬汤喝，往鼻子上抹老鼠尿，可不管怎么做，鼻子依然故我，还是五六寸长，从嘴唇上方耷拉下来。

一年秋天，内供的徒弟进京办事，惦记着他，从熟识的医生那里讨来一服让鼻子变短的偏方。那医生来自震旦，当时，是常乐寺里的供僧[①]。

内供照常装出一副不在意鼻子的模样，偏不说"咱们赶紧试试这方子吧"，而是用轻松的口气说些"每次吃饭时都要劳烦徒弟们，心里过意不去"之类的话。不消说，他打心眼里巴望徒弟来劝自己试那偏方。徒弟未必不明白内供这番苦心。不过，这倒没有引起徒弟的反感，不如说，内供的良苦用心反而深深激起了徒弟的同情心。徒弟不负所望，苦口婆心地劝他尝试此法。内供也顺水推舟，最终，听从了这份热心劝告。

偏方极其简单：把鼻子在热水里浸过后，再让人踩踏即可。

寺院澡堂每天都烧热水，弟子马上从澡堂提回来一壶手指头都伸不进去的热水。但是，若直接把鼻子伸进壶里，热气上脸，怕是要烫伤皮肤，遂在吃饭用的托盘上凿了个洞，将它盖在壶上，再从洞里把鼻子伸进热水。鼻子泡在滚水中，竟然不觉得烫。过了一会儿，徒弟问："烫好了吧？"

内供苦笑一声。光听这句，恐怕谁也想不到说的是鼻子吧。

[①] 供奉主佛，诵经祈祷的僧侣。奈良时代的僧侣不仅在民众中间传播佛教教义，还会负责治水或监督土木工程的兴建，甚至做一些类似医生的工作。

鼻子被热水烫得发痒，像被跳蚤咬过似的。

内供从托盘窟窿里抽出鼻子，徒弟双足发力，用力踩踏起热气腾腾的鼻子。内供侧身躺着，看着徒弟的脚在眼前一上一下地动，鼻子摊放在地上。徒弟时不时露出歉疚的表情，俯视着内供的秃脑瓜，问道："疼吗？医生说要使劲踩。可是，很疼吧？"

内供想摇头，表示自己不疼，可鼻子被人踩着，动弹不得。他便眼珠朝上翻，边盯着徒弟皲裂的脚丫瞧，边气鼓鼓地答道："不疼。"

其实，不但不疼，鼻子发痒的地方被踩着，还挺舒服。

踩了一会儿后，鼻子上浮出小米粒似的东西，活像即将拿去烤熟的、拔了毛的小鸟。徒弟见状，停止踩踏，自言自语道："医生说了，得用镊子拔。"

内供似乎不大满意，他鼓起腮帮，一言不发，任由徒弟处理。当然，他并非不明白徒弟是一番好意。可知道归知道，自己的鼻子像物件似的被人摆弄，总归不愉快。内供装出一副"不信任医生给自己动手术"的病人脸，不情不愿地瞧着徒弟用镊子把脂肪从毛孔里取出来。脂肪的形状像鸟毛的翎，一拔就是四分[①]来长。

拔完一遍后，徒弟终于松了口气："再烫一次就好了。"

内供仍然皱着眉头，满脸不悦，任由徒弟处理。

---

① 1寸的十分之一即为1分，1分约等于3.03毫米。

把烫过两次的鼻子抽出来一看，果然短得出格。现在这鼻子跟普通的鹰钩鼻没什么两样。内供边摸着短了的鼻子边羞涩地接过徒弟递过来的镜子，怯怯地照着。

那鼻子——原先耷拉到下巴的鼻子——奇迹般地萎缩了。如今，它无精打采地缩到上唇那里苟延残喘，上面还布满红斑，估计是踩踏时留下的痕迹。这下子，肯定不会再有人来笑我了。镜中的内供看着镜外的内供，满足地眨了眨眼。

那之后，内供一整天都在担心鼻子会长回去。于是，诵经时也摸，吃饭时也摸，只要一得闲，内供就伸手轻触鼻尖。鼻子好端端地安在嘴唇上边，根本没有下垂迹象。睡了一宿后，内供刚睁开眼，第一件事就是摸自己的鼻子。鼻子依然是短的。像从前抄写《法华经》积德时那样，内供心中神清气爽，多年不曾如此畅快。

可是，两三天后，内供发现了意想不到的事。有一武士，刚好来池尾寺办事，见了内供，笑得比从前更欢，话也不怎么说，只是一个劲儿地盯着他的鼻子看。这还不算，曾让鼻子掉进粥里的中童子在经堂外与内供擦肩而过时，起先还低头忍笑，最后终于憋不住，扑哧一下笑出声来。吩咐杂役弟子们做事时，当着内供的面，他们还毕恭毕敬地听，可内供一转身，他们立刻哧哧偷笑。这情况，已经不止一次两次了。

最初，内供把原因归结于自己的五官变了样，可仅仅作此解释似乎并不足够——当然，中童子和杂役弟子们发笑，原因必然在此。然而，同样是笑，总觉得跟先前长着长鼻子时相比，原因不尽相同。若说是因为看不惯的短鼻子比看惯了的长鼻子更滑稽，倒也无话可说，可里面似乎另有玄机。

"以前笑得没这么露骨啊。"

诵经时，内供常停下来，歪着光秃秃的脑袋，如此自言自语。每到这时，这位讨人喜欢的内供必定呆呆地望着挂在一旁的普贤菩萨画像，回想起四五天前还是长鼻子时的情景，心情郁闷。"今朝落魄者，却忆荣华身"——很遗憾，内供欠缺参透此禅机的灵性。

人心中存在两种互相矛盾的感情。当然，任何人都会对他人的不幸抱有同情心。可一旦不幸的人设法摆脱了不幸，旁人反而会若有所失。说得夸张些，就是甚至想看到他人再次陷入同样的不幸。于是，虽说态度是消极的，可不知不觉间，就会对他人产生敌意——内供虽然不明白个中缘由，但之所以莫名觉得不快，就是因为他从池尾的僧俗之辈的态度中感受到了这份旁观者的利己主义。

这么着，内供的脾气愈发暴躁。不管对谁，说不上几句，便大声呵斥。最后，连给内供治鼻子的徒弟都在背地里议论："内供这么刻薄，早晚会因触犯悭贪之罪而不得超生。"最令内供恼火的是那个淘气的中童子。有一天，内供听见外面有狗狂吠不止，便悄悄走出去看，只见那中童子挥舞着一块二尺来长的木板，追着一条瘦巴巴的长毛狮子狗跑。单是追着打也就罢了，他是嘴里边喊"不打鼻子，嘿，不打鼻子"边追狗。内供从中童子手里抢过木板，狠狠地拍在他脸上。这木板，就是以前用来托鼻子的那一块。

内供反而痛恨起自己多事，恨自己非要把鼻子弄短。

某天夜里，天黑之后突然刮起风，塔上的风铎叮当作响。声音传到耳边，叫人烦心，加上寒气骤然袭来，年老的内供便辗转反侧，怎么也睡不着。正在被中翻来覆去时，不知怎的，鼻子突然痒起来。用手一摸，似乎有些浮肿，甚至还有些发热。

"硬把它弄短，说不定弄出了毛病。"

内供用在佛前供奉鲜花的虔诚姿势捂着鼻子，低声嘟囔。

第二天，内供像往常一样早早醒来，睁眼一看，寺内的银杏和七叶树一夜之间树叶落尽，院子里像铺了一层黄金似的，色彩明亮。大约是塔顶上积了霜吧，晨曦尚微，太阳却已亮得刺眼。禅智内供站在支起板窗的外廊上，深吸一口气。

这时，一种几乎已被忘却的感觉再次回到身上。

内供急忙用手摸鼻子。他摸到的不是昨天的短鼻子，而是以前那个从嘴唇上方耷拉到下巴的、足有五六寸长的鼻子。内供明白，自己的鼻子在一夜之间恢复了原样。与此同时，跟鼻子变短时一样，不知怎的，神清气爽的心情也回来了。

"这下子，肯定不会再有人来笑我了。"

内供在破晓前的秋风中摇晃着长鼻子，心中自言自语。

戏作①三昧②

一

　　天保二年③九月的一个上午。和平时一样，神田同朋町的松汤澡堂一大早便挤满了人。式亭三马④数年前出版的滑稽本中曾写过一景："神祇释教恋无常⑤，齐聚于此，浮世澡堂。"眼下，澡堂中的光景与那时一般无二。一个梳老婆髻⑥的，泡在池

---

① 日本18世纪后半至江户时代流行的通俗小说，意为"随性而作"，粗略分为洒落本、滑稽本、讲义本、人情本、读本、草双纸等种类。写这种通俗小说的人，称为"戏作者"。
② 本为佛教用语。狭义上说，可指代奥妙、诀窍。
③ 1831年。
④ 江户后期戏作家，代表作为《浮世澡堂》和《浮世理发馆》。
⑤ 与自然相对应，用来概括人类社会。佛教教义认为，神、佛、色、死，即包括人世间的一切。和歌与俳句中经常用这些概念来给内容分类。
⑥ 流行于江户下层阶级男子间的发型。不用发油，蘸水梳，把后颈处的发包儿弄蓬，发尾弄松，从元结处向后高高翻折。

子里哼俗曲儿[1]；一个梳本多髻[2]的，站在穿衣处拧手巾；一个发际线剃成圆弧的、梳大银杏髻[3]的、有文身的人，正让人给他搓背；一个梳由兵卫髻[4]的，从刚才起就只洗他那张脸；还有个蹲在水槽前的秃头，一个劲儿地从脑袋上往下浇水；再就是头发梳得像虻蜂蜻蛉[5]似的、专心致志玩小竹桶和瓷金鱼的孩童——狭窄的冲澡处，但见各色人等无一不是湿淋淋、光溜溜地笼罩在热气腾腾的蒸汽和照进窗来的晨光中。他们影影绰绰，晃来晃去。这番动静，热闹非凡。先是各种水声和木桶碰撞声，其次是话音与歌声，最后是番台[6]那边时不时传来的敲拍子木[7]的声音。总之，石榴口[8]里里外外一片杂音，像打仗一样热闹。浴客们自不必说，连商贩乞丐都会掀开暖帘，直闯进来。

在这片嘈杂声中，一个年过花甲的老人规规矩矩地站在澡堂

---

[1] 原文为"歌祭文"，江户通俗小调的一种。
[2] 流行于风流子弟间的发型。后颈处发包儿蓬松，发髻又细又短，发尾向上折至头顶，盖住一部分剃光的头顶。
[3] 武士阶层常梳的一种发型。后颈处发包儿不蓬松，发尾像张开的银杏叶片，现代的相扑选手梳的就是这种发髻。
[4] 发髻结得比较低的、靠近后颈处的发髻。
[5] 男童所梳发型之一。不把头发全部剃光，而是留一缕，将之梳成蜜蜂或蜻蜓的翅膀形状，故得名。
[6] 澡堂入口处设置的高台。坐在上面，可以同时看清男澡堂和女澡堂的内部情形。
[7] 用以击响的木条。包月的老客光临时，番台上的人会击响，以示通知。客人需要搓澡时，也会击响，通知澡堂内的搓澡工开始干活，男澡堂一下，女澡堂两下。
[8] 通往泡澡浴池的入口。在冲洗处洗干净身体后，要低头弯腰，从门板下方的开口钻进去，才能进到澡堂最里面，进到浴池里。日语中的"弯腰进入"音同"打磨镜子"；又因为，当时打磨镜子用的是浸泡在醋里的石榴，故得名。

一角，安安静静地擦洗污垢。看着像六十多岁吧，两鬓的头发黄得挺寒碜，眼睛好像也有点毛病。人虽瘦，身子骨倒还结实，可以说挺硬朗。手脚的皮已经松了，但身上总有种不服老的劲头。脸也一样，风采几乎不减当年：长着宽下巴的脸盘和略嫌大些的嘴巴四周，昭示出动物般的旺盛精力，一股子野劲儿。

仔细搓完上身后，老人没有用自留桶①冲身，直接洗起了下半身。不管用黑色的甲斐绢搓澡巾来回搓多少遍，那失去脂肪支撑的、满是细小皱褶的皮肤上也搓不出多少污垢。这大概勾起了他某种类似秋日寂寥般的迟暮之感，刚洗完了一条腿，突然，他像泄了气的皮球似的，止住攥着搓澡巾的手，目光定在自留桶里那浑浊的水面上。那里鲜明地倒映出窗外的天空：红彤彤的柿子缀在稀稀拉拉的树杈上，自瓦屋檐下伸出头来。

此时，老人心中投下一道死亡的阴影。这死，倒不是曾差点要了他命的、不知包藏着什么可怖之物的死，而是一股如桶中天空般的觉悟。它宁静、亲切、安详、直达涅槃。若能摆脱尘世劳苦，长眠于那"死"之中——如不谙尘世的孩童那样长眠不醒、一生无梦，该是何等快意！想我这一生，不但疲于应付生活，数十年来，还笔耕不辍，所受之苦，令人疲惫……

老人一脸沮丧，抬起眼皮，周遭依旧热闹。伴着谈笑声，

---

① 老客使用的专用水桶。

一大堆赤条条的身体在热气中晃来晃去，叫人眼花缭乱。石榴口里回响的俗曲儿里夹杂着悲情小调[1]和七七七五祭典小调[2]。在此处，刚刚还落在他心间的、意味深长的阴影，已然无迹可寻。

"哎呀，先生！没想到会在这种地方遇见您！真是做梦也没想到啊，曲亭[3]先生竟然一大清早就来泡澡。"

突然遭人搭话，老人吃了一惊。定睛一看，身边站着个人。此人红光满面、梳细银杏髻，面前摆着自留桶，肩上搭块毛巾，正欢快地笑着。看样子，是刚从浴池里出来，正要用净水冲身。

"你还是一如既往啊，好兴致。真不错。"

马琴泷泽琐吉微笑着应了一声，语带嘲讽。

二

"哪里哪里，我有啥好的。要说好，先生您的《八犬传》才好呢。故事越来越精彩、越来越离奇，简直棒极了！"

说着，梳细银杏髻的把毛巾扔进桶里，拉开嗓门，高谈阔论

---

[1] 长歌的一种，歌舞伎表演中进行音乐伴奏和伴唱时所用的曲子。演员在舞台上用肢体语言表现人物陷入忧思时，为配合沉静的气氛，通常会配以同样氛围的清唱曲。

[2] 流行于江户后期的小曲，多见于祭典中。人们在三味线、太鼓、钲鼓、篠笛的伴奏下，踩着两拍节奏边跳舞边吟唱。

[3] 本名泷泽马琴，别号琐吉，笔名有曲亭、著作堂主人等，法名著作堂隐誉蓑笠居士。江户后期著名戏作者、读本作者，代表作为《椿说弓张月》《南总里见八犬传》。

起来。

"船虫扮成弹三味线卖艺乞讨的盲女，打算杀掉小文吾。被抓之后，遭受严刑拷打，又被庄介所救。这样安排情节，实在妙不可言。如此一来，庄介和小文吾便有缘再见。在下——近江屋平吉不才，虽为一介小杂货店主，可自认还懂些小说文脉。就连我，都挑不出先生您这《八犬传》的毛病。实在佩服，佩服。"

马琴默然不语，洗起脚来。当然，对自己的忠实读者，他一向怀有极大的善意，可对对方的评价并不会因这份善意而有丝毫改变。他是个聪明人，在他看来，这是理所当然的。奇特的是，反过来说，这份评价亦不会妨碍他对对方抱有好感。所以，某些场合下，他能够对一个人同时产生轻视跟好感。比如这位近江屋平吉，便是这样一位读者。

"能写出这样的杰作，花的心血肯定非比寻常。先生，您真可谓'当代罗贯中'呀——哎哟，这话说得造次了。"

平吉再次放声大笑。旁边有个正在冲水的小个子，皮肤黝黑，梳着小银杏髻。可能被这笑声吓了一跳，他回过头来轮番打量了一下平吉和马琴，露出一脸莫名其妙的表情，啐了口痰。

"你还痴迷于俳句吗？"

马琴巧妙地转换了话题。倒不是因为在意对方斜眼看人。万幸的是，他的视力已经衰退到看不清那些表情了。

"蒙先生关爱，惶恐之至。在下水平业余，却偏好此道，今儿这家明儿那家地参加俳句会，厚着脸皮到处现眼。可不知怎么回事，水平总不见有长进。先生您呢？对和歌、俳句之类有没有特别的兴趣？"

"不，论起作那些玩意儿，我就不中用了。原也是之前干的营生。"

"瞧您，又说笑了。"

"嗨，看着就完全不合脾性，至今还两眼一抹黑呢。"

马琴在"不合脾性"几个字上加重了语气。当然，他不认为自己作不来和歌、俳句，在这些事上，亦自认并不缺乏才气。可他一向看不起这种艺术。究其原因，是因为不管和歌还是俳句，篇幅都太小，不足以容纳他的全部思想。因此，抒情也好，叙景也罢，不管咏叹得多么精彩，一句和歌或一首俳句所表现的内容，充其量只能抵得他作品中的数行。对他来说，这样的艺术是二流的。

三

加重语气的"不合脾性"几个字，便包含了这样一份轻视。不幸的是，近江屋平吉貌似完全没有领会到这层意思。

"哈哈，果然是这么回事啊。在下还以为，像先生这样的大作家，写什么都不在话下呢！——可见有句老话说得好：人无全才。"

平吉边用拧干的毛巾使劲搓身、搓得皮肤都红起来，边用略带含蓄的口气说道。他竟把马琴的自谦之词按照字面意思去领会，这让自尊心很强的马琴大为不满。再说，那客套的口吻也让马琴心里不痛快。于是，马琴把手巾和搓澡巾往地下一扔，直起腰，板着脸，端起这么一副架子："当今的和歌作者跟俳句大师那点水平，我还是及得上的。"

话音未落，他却突地对自己这充满孩子气的自尊心感到难为情。刚才平吉盛赞《八犬传》时，自己也没高兴到哪里去，可这会儿反过来被看成作不了和歌、俳句的人，就生起气来，显然是自相矛盾。他猛地检讨起自己，像掩盖内心的羞愧似的，连忙把自留桶里的水从肩膀上直浇下去。

"是啊。要不，您也写不出那样的杰作呀。如此说来，能看出先生您会作和歌、俳句，在下的眼光也不一般。哎呀，怎么吹捧起自个儿来了。"

平吉又一次放声大笑。刚才那个斜眼儿已经不在了，痰也被马琴那桶水冲了个干净。可马琴反而比先前更加不安。

"哎呀，尽顾着说话，我也该去池里泡泡了。"

他有些尴尬，在生自己的气，心想，也该消失在这位忠实好读者面前了，就边客套边慢慢站起身。一看他这副架势，平吉似乎觉得连自己这读者脸上都增了光。

"先生，改天请您作一首和歌或俳句吧，可以吗？千万别忘了啊。在下这就别过啦。您老忙得很，但路过我家时，请进来坐坐吧。在下也会去府上叨扰的。"

冲着马琴的背影说完这番话后，平吉又洗了一遍手巾，目送马琴往石榴口走，心想，回家后，该怎么跟老婆说今天遇见曲亭先生的事呢。

四

石榴口里暗得像天黑时一样，热气比雾还要浓。马琴眼睛不好，他跌跌撞撞地扒拉开浴客，好容易摸索到浴池一角，总算把满是皱纹的身体泡了进去。

水有点烫，热水连指尖都浸透了。他边体会这份感受边长吁一口气，悠悠打量起四周。昏暗中，能看见七八个脑袋。有说话的，有唱曲儿的。热水融化了人身上的油脂，四周水面上漂着一层油腻腻的东西。从石榴口照进来的光线反射到水面上，懒洋洋地摇晃着。令人恶心的"澡堂子味儿"扑鼻而来。

马琴的想象向来带有浪漫主义倾向。身处澡堂子这股热气中，眼前自然而然地浮现出马上要在小说中出现的一幕。那是一张沉甸甸的船篷。船篷外，夕阳西下，海上似乎起了风。拍打船舷的海浪声听起来沉闷压抑，像油在摇动。与此同时，船篷呼呼作响，多半是蝙蝠在扑扇翅膀。船夫似乎感到不安，悄悄从船舷处探出头，朝外瞥去。雾色笼罩的海面上，一牙红色新月阴惨惨地挂在天空中。这时……

刚想到这儿，思绪一下子被打断了，因为他忽然听见石榴口内有人在批判他的小说，且不管声调还是内容，都像故意说给他听似的。马琴本已打算离开澡堂，可又打消了这念头，静静地听人数落。

"什么曲亭先生、著作堂主人啊，吹得好听。马琴这号人，写出来的玩意儿全是炒人家的冷饭。说白了，《八犬传》还不是照着《水浒传》画的瓢儿？不深究的话，故事也算有趣，好歹是照着中国小说打的底儿嘛！能把原著先读一遍，本身已经不得了啦。可话又说回来，这次他干脆抄起了京传[1]的作品，简直叫人目瞪口呆，气都没处生。"

老眼昏花的马琴朝口出恶言的男人望去，盯着他看。可隔着热气，看不真切，但怎么看都像刚才那个梳小银杏髻的斜眼儿。如此说来，这人恐怕是听见刚才平吉夸奖《八犬传》，憋了一肚子火，故意拿马琴撒气。

"首先，马琴写东西，全是在耍笔杆子，他肚子里根本没墨

---

[1] 山东京传，江户后期浮世绘师、戏作者，著有洒落本《通言总篱》和《倾城买四十八手》、黄表纸《江户生艳气桦烧》、读本《樱姬全传曙草纸》、考证随笔《古董集》等。

水。好比寺子屋①里的老学究，无非通讲一遍四书五经。所以我说，他对当下的事根本不甚了了。证据就是，除了陈年旧事，他压根儿没写过别的。他写不出活生生的阿染和久松②的故事，才转去写什么《松染情史秋七草》③。照着马琴大作家的调子来写的话，这种内容，要多少有多少嘛。"

若其中一方抱有优越感，另一方就不会产生恨意。见对方这么损自己，马琴固然恼火，奇的是，却恨不起来，反倒很想向其清晰表述一下自己的轻蔑。之所以没践行，大概是因为上了年纪，懂得克制吧。

"跟他比起来，一九④和三马才了不起呢。他们笔下的人物浑然天成，栩栩如生，绝不是靠耍小聪明和卖弄学问拼凑而成。蓑笠轩隐者之流嘛，与人家，不可同日而语。"

就经验来看，听见有人贬低自己的小说，马琴不单会感受到不快，还会认为，这样危害很大。即，并不是因为承认别人贬得对，就畏首畏尾、满心沮丧；而是因为，为否认别人对自己的贬低，日后的创作动机中就会多生出一份反弹心理。带着不纯的动机去创作，恐怕会一而再再而三地写出畸形故事。专门讨好大众

---

① 江户时代的寺院所设的私塾，初级教育机构，以庶民子弟为招收对象。
② 1708 年，大阪有家东堀瓦屋桥油坊，老板的女儿叫阿染，久松是油坊学徒，后来，两人双双殉情。
③ 马琴写的小说，根据阿染和久松的情死事件改编而成，故事发生时间却提前到足利义满所在的室町时代。
④ 十返舍一九，江户后期戏作者，代表作为滑稽本《东海道中膝栗毛》。

的作者也就罢了，略有些风骨的作家反而容易陷入这种危险中。马琴已活到这把年纪，所以，对于贬低自己小说的言论，他尽量不去看。可是，想归想，从另一方面说，他也不是不想尝试读读那些恶评。此刻，之所以坐在浴池里听梳小银杏髻的口出恶言，一半也是因为受到这念头的蛊惑。

意识到这点后，他立刻责怪起自己，觉得不该这么无所事事地泡在热水里。于是，他不再理会小银杏髻的尖细嗓门，猛地迈出浴池，出了石榴口。石榴口外，透过氤氲的热气，能够看到湛蓝的天空，还看得见蓝天中那沐浴在暖暖日光下的柿子。马琴走到水槽前，心平气和地用净水冲身。

"总之，马琴就是个骗子，亏他号称日本罗贯中！"

浴池里那人大概以为他还在场，依旧不依不饶地进行猛烈抨击。看情形，估计是因为有斜视这眼疾，根本没看见马琴从石榴口出去了，也未可知。

五

走出澡堂时，马琴的心情是郁闷的。至少在这点上，斜眼儿的刻薄话语的确取得了预期中的效果。他走在秋高气爽的江户街头，一句一句审度澡堂中听到的那番贬损，细细品评，当即证明了这一事实：无论从哪点切入，那番话都无甚可取之处。尽管如此，让已被搅乱的心情平复下来，似乎并没有那么容易。

他抬起闷闷不乐的双眼，眺望道路两旁的店铺。生意人与他的心情毫无交集，一概埋头于每日生计中。印着"各地名烟"的暖帘、刻着"正宗黄杨木"的梳子形黄色招牌、写着"轿子"字样的挂灯、上书"卜卦"二字的旗子——这些东西毫无意义，它们杂乱无章地排成一排，掠过眼底。

"为什么会对针对自己的恶言恶语如此心烦意乱呢？"

马琴依旧在思考。

"首先，令人感到不快的是这样一个事实：那斜眼儿对我心怀恶意。不论原因为何，一个人对他人怀有恶意，足以令人感到不快。我有什么法子！"

他如此思考着，对自己的怯懦感到羞愧。事实上，像他这样目空一切的人固然不多，如他这般对他人恶意敏感至此的人，同样少见。从行为上看，这是两种完全相反的结果。然究其原因，实属同源——同一神经作用下的结果。不消说，这个事实，他老早就察觉到了。

"令人感到不快的，还有一码事。那就是，我被迫成了斜眼儿的死对头。我一向不愿意处在那样的位置上，所以，从来不跟人打赌论输赢。"

分析到这里、想进一步再深究时，他的心情起了某种意想不到的变化。这从他原本抿得紧紧的，如今却忽然松弛的嘴唇上就能看出来。

"最后把我推入那位置的竟然是那斜眼儿,这的确令人感到不快。倘若他是个比较高明的人,我必定会不甘示弱,奋起反击。可对手是那斜眼儿,再怎样,我也不好开口了呀。"

马琴苦笑着仰望天空。天空中传来老鹰的叫声,声音伴着日光,雨点似的洒在身上。持续至今的郁闷心情也渐渐舒畅起来。

"不过,不管斜眼儿怎么贬低我,顶多会让我心生不快。就算老鹰再怎么鸣叫,天地也不会停止运转,不是吗?我一定能完成《八犬传》。到那时,日本就会出现古往今来第一大奇书。"

他恢复了自信,边安抚自己边在窄窄的胡同中转了个弯,静静地朝家中走去。

六

到家一看,昏暗的大门口处,脱鞋石上摆着一双眼熟的麻花趾袢儿竹皮屐。一看见它,马琴眼前就浮现出访客那张面无表情的脸。又来浪费我的时间——他心里很不痛快。

"一大清早的,时间又糟蹋了。"

边想边踏上式台时,女佣阿杉慌慌张张地出来迎接。她跪坐着俯下身,以手扶地,仰头看着他,说道:"和泉屋老板正在屋里等您回来呢。"

他点点头,把湿手巾递给阿杉,但他并不想一回来就进书房。

"太太[①]呢?"

"朝香去了。"

"少奶奶[②]也去了?"

"是,带着小少爷一起去的。"

"少爷[③]呢?"

"去山本老爷家了。"

家人都不在,他有点扫兴,只得无可奈何地拉开门旁书斋的纸隔扇。

一拉开门,只见一个白净脸膛上泛着油光的男人正叼着根细细的银烟杆儿端坐在屋子正中央,带着股做作劲儿。书房里,除裱着拓本的屏风和挂在壁龛中那对儿红枫黄菊挂轴外,再没有一件像样的装饰品,只有五十多只古色古香的桐木书匣沿着一面墙壁冷冷清清地依次排开。窗纸大概过了年还没换过,破洞上东一块西一块地补着白纸。秋日映照下,硕大的芭蕉叶影斜斜映在窗纸上,叶影婆娑。因此,访客的华丽衣装与房中氛围更显格格不入。

[①] 马琴的妻子阿百。她本是草鞋铺伊势屋的寡妇,1793年招赘马琴为婿,比马琴大三岁。
[②] 阿路,马琴的媳妇,马琴唯一的儿子宗伯兴继的妻子。马琴因眼疾失明后,她作为助手,将马琴口述下来的故事写下来,帮助他完成多本著作。
[③] 马琴的儿子,宗伯兴继。

"哎呀，先生，您回来啦。"

一拉开隔扇，访客就礼数周全地打了招呼，毕恭毕敬地低头行了一礼。他就是书店老板和泉屋市兵卫。当时，仅次于《八犬传》的、广受赞誉的《新编金瓶梅》就是经由他家出版的。

"让你久等了。不凑巧，今儿一大早，我就去洗澡了。"

马琴不禁皱了皱眉，但仍像平时那样，礼仪周正地坐下。

"嚯，一大早就洗澡，厉害呀。"

市兵卫发出一声慨叹，似是相当敬佩。像他这样对芝麻大小的事都能敬佩一番——不，该说是表现出敬佩模样——的人，不多见。马琴慢条斯理地点上一袋烟，照例把话题立即拉回到正事上。他尤其不喜和泉屋老板这随便佩服别人的做派。

"今日来访，有何贵干？"

"嗨，这不是又来跟您讨原稿了嘛。"

市兵卫用指尖转了一下烟杆儿，像女人一样柔声说道。这个人性格很怪。他怪就怪在，多数情况下，言行都不一致。何止不一致，是经常完全相反。因此，当他打定主意要干什么时，与决心相反，说起话来却是柔声细气。

一听这声音，马琴不禁再次皱起眉头。

"要原稿？这可给不了。"

"哦？有什么为难之处吗？"

"何止为难。今年我接了好几本小说，实在腾不出手来弄长篇合集。"

"是吗,那是够忙的。"

说着,市兵卫在烟灰筒上磕了磕烟灰,突然讲起鼠小僧次郎太夫的事,像换了个人似的,仿佛刚才的话题已被忘得一干二净。

七

鼠小僧次郎太夫今年五月上旬被捕,八月中旬枭首示众,是有名的大盗。他专偷大名府邸,并把偷来的钱财都施给穷人,因此,得了个"侠盗"的怪名号,世间一片赞扬声。

"听说他偷过七十六家大名府,盗取银钱三千一百八十三两二分。相当惊人啊,先生。虽然是个偷儿,行事却非一般人能及。"

马琴不禁生起一股好奇心。市兵卫说这番话,乃是为了向作者提供素材,他心里得意得很。不消说,马琴一直对他这种自鸣得意的态度感到恼火。可恼火归恼火,好奇归好奇。身为艺术家,马琴拥有很深的艺术天分,从这点上论,可能格外容易上钩吧。

"唔,原来如此,的确了不起。听过关于他的各种传言,没想到,他如此了得。"

"称得上'盗中豪杰'吧。听说以前还当过荒尾但马守[①]大

[①] 荒尾成裕,江户末期至明治时代的鸟取藩士,后成为鸟取藩家老,供奉的主君是池田庆德。

老爷的随从还是什么来着，所以，才对府邸内部了如指掌。游街示众时，有人去看了，说他是个胖胖的男子，挺招人喜欢，外面穿件藏青色越后绉面麻裖，贴身穿件白绸单衣。这不就是从您笔中走出来的人物嘛！"

马琴含含糊糊地应了一声，又点了一袋烟。市兵卫可不是个被含糊应付吓住的人。

"怎么样，您不考虑在《新编金瓶梅》中加入这个次郎太夫吗？您忙，这我清楚得很，可我还是想求您答应这事。"

话题一转，又从鼠小僧转回催稿这事上。马琴已经见惯这套把戏，依然不肯答应。不仅如此，心情比刚才更糟了，因为他觉得自己太愚蠢。虽然只有一瞬，仍然中了市兵卫的计，生出了好奇心。他抽着烟，显出一副寡淡无味的模样，终于搜刮出这样一番托词。

"不说别的，首先，勉强去写，写出来的东西也不能看。而且，肯定会影响销路。你们也吃亏吧？想想看，还是照着我的意思办更好。最后，对我们两方都好。"

"话虽如此说，还是想请您尽力而为，行不行？"

市兵卫边说边用眼神"扫视"（马琴用这样的词汇来形容和泉屋老板的眼神）他的脸，鼻孔里时不时喷出烟来。

"实在写不了。就算想写，也没时间。算了吧。"

"这可真要命。"

话毕，市兵卫突然话锋一转，讲起作家同行的事。薄薄的双唇间依然叼着那根细细的银烟管。

八

"听说种彦①又要出版新书了。左不过是些辞藻华丽、凄凄切切的故事。那位仁兄写的东西，似乎有种'非种彦不能写'的感觉。"

也不知市兵卫是什么意思。对作家，他一向直呼其名，不加敬称。每每听见他这么叫人，马琴就想，言及自己时，他大概也是马琴马琴地叫吧？凭什么要给这个把作家当成自家伙计般点名道姓的轻佻之人写稿子？——火气上来时，就越想越气，这是常有的事。今天也一样。听见种彦这名字，他越发沉下脸来，可市兵卫似乎毫无察觉。

"我们还想出版春水②的作品呢。先生您虽然讨厌他，可他的作品好像挺合世间俗人的口味呀。"

"哦，是嘛。"

马琴脑中浮现出春水那张谄媚到夸张的脸，忘了什么时候见过他。"我不是作者，就是个按照客人需求写俗艳小说给他们看

---

① 柳亭种彦，江户后期戏作者，代表作为长篇合集《偐紫田舍源氏》。
② 为永春水，江户后期戏作者，代表作为《春色梅儿誉美》，师从式亭三马。

的卖字小零工。"——马琴早就风闻他说过这种话。不消说,马琴打心眼里看不起这种没个作家样儿的作家。尽管如此,此刻听见市兵卫对其直呼其名,心中依然情不自禁地生出一股不快。

"总之,论起写桃色故事,他可是个中好手,而且,笔头极快。"

市兵卫边说边瞟了一眼马琴的表情,接着,飞快地把眼神移到衔在口中的银烟管上。那表情一闪而过,惊人地下作。至少,马琴是这样认为的。

"内容不过尔尔,下笔却是飞快,说是不一口气写个两三章就停不了手。话说,先生您也是吧?写得很快吧?"

马琴不仅感到不快,还觉得受到了威胁。拿他的笔头速度跟春水和种彦相提并论,对自尊心甚高的他来说,自然不是什么愉快的事。而且,他其实算写得慢的。他觉得,这是无能的证明,经常为此感到泄气。可另一方面,又时常把写得慢当作衡量自己艺术良心的尺子,觉得难能可贵。只是,心里如何纠结,那是自己的事,断不能容许世间俗人来追根究底。于是,他朝壁龛挂着的红枫黄菊挂轴看去,甩出这么一句。

"得看时间跟场合。有快,也有慢。"

"嚯,要看时间,厉害厉害。"

市兵卫第三次发出慨叹。不过,很明显,他不会敬佩一下就了事。紧接着,他就劈头来了一句:"可是您看,我再三提起原稿这事，您是不是能应承下来？春水他就——"

"我跟为永先生不一样。"

一生气，马琴的下嘴唇就会朝左撇。此刻，嘴唇又狠狠地撇向一旁。

"呵呵，恕难从命。——阿杉、阿杉！和泉屋老板的鞋摆好了没有？"

九

对和泉屋市兵卫下完逐客令后，马琴朝外廊的一根柱子上一靠，眺望着小院里的景色。腹中怒火还没有消，他竭力往下压。

阳光洒满小院，叶片残破的芭蕉和光秃秃的梧桐伴着绿色的罗汉松和竹子，一同坐拥几坪暖暖的秋色。这边，净手钵旁的芙蓉七零八落，已然凋谢；远处，种在袖篱外的桂花香气馥郁，仍在盛开。老鹰啼声依旧，声音从湛蓝的天空那头传来，像清脆的笛声，时不时飘落下来。

面对自然，他顿悟似的回忆起人世间的卑劣。生活在卑劣人世间的人们之所以不幸，就是因为人为卑劣所扰，自己的言行也不得不卑劣起来。就在方才，自己把和泉屋市兵卫撵走了。撵人这种事，当然算不得什么高尚之举。但那是因为对方卑劣在先，自己才陷入不得不做出卑劣之举的境地。然后，做了。这么做，无非意味着自己的卑劣程度与市兵卫不相上下。换句话说，自己已堕落到了这个份上。

想到这里，他忆起不久前发生过的一件事，跟这事类似。相州朽木上新田那一带住着个名叫长岛政兵卫的人，去年春天，他写来一封信，说想拜自己为师。此人在信中说，二十一岁时，我耳朵聋了，如今我二十四岁，其间，始终抱着以文章名扬天下的决心，潜心撰写小说。不用说，我是《八犬传》和《巡岛记》的忠实读者。不过，待在这样的乡下地方，总是不便于学习精进。因此，想蒙府上收留，当个食客，不知可否？还有，我手上有能装订成六册的小说原稿，也想请您斧正，并交由书店出版。——所写内容大致如此。不消说，在马琴看来，这些要求全是如意算盘。但对患有眼疾的马琴来说，对方的耳聋，或许唤起了他的几份同情，于是，他回信说，蒙你垂青，诸多托付，然所求之事实难照办。这在他来说，已是郑重其事。不料对方的回信言辞激烈，从头至尾全是责难，再无其他。

你的《八犬传》和《巡岛记》又臭又长，我却耐着性子把你的小说读完。可你呢？我不过写了六册小说，让你瞧瞧，你都不肯。这下子，我可知道你的人格有多低下了。——来信以这样的责难起头，以这样一句人身攻击结尾：你身为前辈，却不肯收留后辈当食客，乃是因为你吝啬！一怒之下，马琴当即写了回信，并在信中说，我的小说竟为足下这种浅薄小儿所读，实乃本人终生之耻。那之后，对方便音信全无。他现在是不是还在撰写小说呢，是不是依然怀抱有朝一日小说传遍日本的梦想呢……

回顾过去，他不禁对长岛政兵卫心生怜悯，同时，也可怜起自己。这情绪，又牵引出一股无法言表的寂寥之感。阳光无忧无虑地照在桂花上，香气四溢。芭蕉和梧桐安安静静，叶子一动不动。老鹰的鸣叫声跟刚才一样嘹亮。大自然、那个人，还有——直到十分钟后女佣阿杉告诉他午饭已备好，他还是像做梦一样，呆呆地靠在外廊的柱子上。

十

形单影只地吃过午饭后，马琴终于回到书房中。不知怎的，心里说不出的烦躁。为压下心中这股不快，他翻开很久没看过的《水浒传》。随手一翻，就翻到豹子头林冲在风雪之夜的山神庙中目睹火烧草料场那幕。这充满戏剧性的一幕总能勾起他的兴趣。可这次，读了一会儿后，心中莫名不安起来。

家人都去朝香，还没回来，屋子里静悄悄的。他敛起阴郁的表情，对着《水浒传》抽着烟，味同嚼蜡。烟雾缭绕中，脑中兴起一个平日就揣摩过的疑问。

马琴既是道德家又是艺术家，这疑问一直萦绕在两者之间。他从未怀疑过儒家的"先王之道"。正如他的公开声明那般，他的小说，可谓"先王之道"的艺术体现。因此，在这点上，不存在什么矛盾。可意外的是，"先王之道"赋予艺术的价值与他的感情赋予艺术的价值间存在着巨大的鸿沟。因而，身为道德家的他自然肯定前者，身为艺术家的他必定肯定后者。当然，他也不是没想过用肤浅的妥协思想来化解这个矛盾，也的确打算面向公众抛出这番模棱两可的折中说法，来掩饰他对待艺术的暧昧态度。

然而，骗得了世人，骗不了自己。他否认戏作的价值，称它只是"惩恶扬善的工具"，可一旦与心中奔腾而出的艺术灵感打照面儿，又蓦地不安起来。——《水浒传》的这一幕，恰好给他的情绪带来意想不到的结果，原因在此。

在这点上，马琴的想法是怯懦的。他默默地吞云吐雾，硬是把心思扯回未归的家人身上。可是，《水浒传》就躺在他面前，不安的情绪始终围着它转，没那么容易排遣。这时，久未谋面的华山渡边登[①]恰巧登门拜访。他穿了一身袴羽织，腋下夹着紫色小包袱，看样子，像是来还书的。

马琴大喜，特地走到大门口去迎接好友。

"今天，我是来还书的，顺便带了个东西给你过目。"

果然，进了书斋后，华山如此说道。再一看，除小包袱之

[①] 渡边华山，江户后期的武士、画家，通称渡边登，华山是他的号。

外,他手里还拿着一卷画绢模样的东西,用纸包着。

"要是有空,就请赏光一鉴。"

"有空有空,赶紧让我瞻仰一番吧。"

似是要掩饰兴奋的心情,华山刻意笑了一下,把卷在纸里的画绢展开。画绢上绘着萧索的、光秃秃的树木,它们或远或近,稀稀落落地分布着。林间站着两个拊掌谈笑的男人。无论是散落在林间的枯黄树叶还是在树梢散乱飞舞的群鸦,无不流露出微寒的秋意。

马琴凝视着这幅工笔淡彩——寒山拾得图,眼中渐渐闪现出柔和温润的光芒。

"你总是画得这么出色,令我想起了王摩诘[①]。这幅画,表达的是'食随鸣磬巢乌下,行踏空林落叶声'的意境,对吧?"

十一

"这幅是昨天画的,还算中意,就给您老拿来了。不嫌弃的话,就请收下。"

华山摸着刚剃过胡楂的泛青的下巴,志得意满地说。

"当然,说是中意,不过是矬子里拔将军罢了——总是画不

---

① 王维,唐朝著名诗人、画家,与孟浩然合称"王孟",摩诘是他的字。

成自己希望的那样。"

"太感谢了。总是蒙你相赠，愧不敢当。"

马琴边盯着画瞧边喃喃道谢。这时，不知为何，他的心底蓦地闪过自己那部尚未完成的小说。华山似乎也一直在琢磨自己的画。

"每次看古人的画，我都会想，为什么画得如此精妙呢！树是树，石是石，人是人，不论哪个，都画得栩栩如生。并且，蕴含其中的古人的心境，也被表现得活灵活现。实在了不起！与古人相比，我这点水平，不过是个毛头小儿。"

"不过，古人也说过，'后生可畏'嘛。"

马琴带着嫉妒般的心情望着专心琢磨自己画作的华山，难得冒出一句俏皮话。

"后生的确可畏，所以，咱们只是被古人和后生夹在中间动弹不得，身不由己，被他们推搡着向前走罢了。并非只有咱们如此。古人也好，后生也罢，概莫能外啊。"

"不错。倘若不往前走，就会被立刻推倒。看来，要紧的是先想办法迈开步，哪怕只有一步。"

"没错。这个比什么都要紧。"

主宾二人为自己这番话所感动，一时间，各自无言。接着，俩人同时竖起耳朵，倾听秋日里那些细碎的响动声。

"《八犬传》进行得还顺利吧？"

少顷，华山将话题转向他处。

"哪里，完全没有进展。我这边似乎也及不上古人呢。"

"您老都说这种话，我们可怎么办哪。"

"要说发愁，我比谁都愁。可是，无论如何也得往前走。别无他法。这么一想，顿时有了为《八犬传》拼上老命的决心。"

说着，马琴自己倒像是红了脸，苦笑了一下。

"心里想着'不过是本戏作罢了'，可还是经常为之费心。"

"我画画儿时也一样。总会想，既然画了，那就尽我所能地完成它。"

"咱俩都在拼命啊。"

俩人放声大笑。然而，笑声里流淌着一份只有他俩才明白的寂寥。与此同时，主宾二人同时从这份寂寥感中感受到一种强烈的兴奋感。

"不过，画画儿还是叫人羡慕哪，不会受到官家的责罚。这比什么都强。"

这次，轮到马琴话锋一转。

十二

"哪儿的话——您老人家写东西，还用顾虑这些？"

"嗨，这种事可多着呢！"

马琴举了个实例,来说明书籍审查官的做法粗鄙到极点。他在小说里写过官员收受贿赂的情节,审查官便下令要他修改情节。接着,他又批判道:"审查官那种货色,越对别人吹毛求疵,自己越露马脚,你说是不是很有趣。因为自己收受贿赂,就看不得别人写受贿的事,逼你改掉;因为自己存着猥琐之心,易动邪念,不论什么书,只要涉及男女情爱,马上说你写的是淫书。而且,自以为在道德上比作者层次更高,真让人笑掉大牙。说白了,就是猴子照镜子——龇牙咧嘴。因为他们明白自己低人一等,心里有气。"

马琴起劲儿地打着比方,华山不禁笑了起来。

"这种情况,怕是多得很。不过,就算被勒令修改,您老人家也不丢人。不管那帮审查官说什么,伟大的作品终究有其自身存在的价值。"

"话虽如此说,可不讲理的事也太多了。对了,还有一次,我写过往牢房里送吃送穿的情节,结果,也给我删去五六行。"

说着说着,马琴跟华山一起呵呵笑出声。

"可过个五十年一百年后,审查官就消失了吧?唯有《八犬传》还留存于世。"

"我觉得,不管《八犬传》能不能留下,审查官都会一直存在下去。"

"是吗?我倒不这么认为。"

"就算审查官没了，相似人种还是会存在于这世上，历朝历代，从未消亡。认为只有古代才会发生焚书坑儒那种事，就大错特错了。"

"您老最近怎么尽说丧气话。"

"不是我灰心，是审查官横行的这世道让我灰心。"

"那咱们更得加把劲了，是不是？"

"总之，别无他法。"

"那就一起拼命吧。"

这回，两个人都没笑。不仅没笑，马琴还板起脸看着华山。华山这句玩笑话，听上去竟出奇地刺耳。

"不过，年轻人首先要明白，活着才是正经事。留着命，才能随时去拼命。"

少顷，马琴如此说道。他知道华山的政治主张，因此，这时才会忽然感到一丝不安。华山微微一笑，没有再接话。

十三

华山走后，趁着这股兴奋劲儿还没退，马琴如平时那样坐在书桌前，打算继续写《八犬传》。他一直有个习惯：在往下写之前，先把昨天写好的通读一遍。今天，他又拿起行间距又细又窄的、通篇都用红笔修改过的几页稿子，仔细地、慢慢地重读。

可不知为何，一读之下，竟觉得所写文字与心中所想并不吻合。字里行间蕴藏着一股不纯的杂音，破坏了整篇文章的协调感。起初，他以为是自己肝火上升所致。

"是我心情不好。这可是自己倾注一切、尽心尽力写出来的啊。"

想到这儿，他又重读了一遍。可跟刚才一样，节奏还是不对。他几乎像个孩子似的惊慌失措起来。

"之前写得又怎样呢？"

他开始翻看前面的文章。跟刚才那段一样，这段也是信手胡写，字句粗糙，节奏无序，行文散乱。再往前读。然后，又是一段。

持续读下去，眼前展现出的是布局拙劣、章法混乱的文字。无法跃然纸上的景色描写、不能感动人心的抒情段落、毫无逻辑可言的论据。花费数日、费尽心思写成的数张稿子，如今读来，尽是些无用的饶舌。心里顿时像被针刺了一样痛。

"只能推倒重写了。"

马琴在心里呐喊。他恨恨地将稿子向前一推，支起一只胳膊，躺下了。但是，大概还在惦记稿子，眼神并没有离开书桌。在这张桌上，他写出了《弓张月》，写出了《南柯梦》；现在，又写《八犬传》。从老早开始，桌上所有文房用具——端溪砚，蹲身螭龙镇尺，蛤蟆形铜笔洗，雕着狮子和牡丹图样的青瓷砚屏，以及刻着兰花的孟宗竹根笔筒就对他的创作之苦司空见惯。看着这些物件，他觉得这次失败为他毕生的巨著笼罩上了一层阴影——这似乎说明他的写作能力从根本上就让人存疑。他无可抑制地生出一股不祥的预感。

"直到方才，还想着要写出一本旷世杰作来呢。可说不定，我跟其他人一样普通，那不过是种自我陶醉。"

这种不安，催生出一股比什么都难以忍受的、落寞的孤独情怀。在他尊敬的日本文豪和中国文豪面前，他从未忘记要保持谦逊姿态，正因如此，面对同时代那些庸庸碌碌的作家，他极度傲慢。这样的他，又怎会轻易承认自己不过是与他们一样的无能者，且是头招人厌烦的辽东白豕[①]？并且，他的"我执"很强，激情洋溢，绝不甘于借"了悟"和"断念"来隐匿自己。

他躺在书桌前，用亲眼看着船只遇难的船长般的眼神望着写失败了的原稿，一声不响地与威力巨大的绝望感进行搏斗。要不是这当儿身后的纸隔扇被唰的一声拉开、一双柔嫩小手搂上他的脖子、一声"爷爷我回来啦"把他从郁闷中拉了回来，还不知道他要闷头想到什么时候呢。小孙子太郎一拉开隔扇就立刻跳到了马琴腿上，带着孩童才有的大胆和直接。

[①]《后汉书·朱浮列传》中的典故。中国辽东地方的稀奇物种白头猪到了盛产各种猪的河东就不是新鲜货了，辽东人却仍以奇货自居。比喻坐井观天、知识浅薄却夸夸其谈的人。

"爷爷，我回来啦！"

"哎呀，回来得真快呀！"

说着，《八犬传》作者那满是皱纹的脸上顿时喜笑颜开，像换了个人似的。

十四

起居室传来老伴儿阿百又尖又细的嗓子和儿媳妇阿路怯怯的说话声，听上去很热闹，时不时还夹杂着男人的粗嗓门，看来，儿子宗伯也恰好回来了。太郎骑在爷爷腿上，像在倾听大人们说话似的，故意绷紧小脸儿，望着房顶，脸蛋儿被屋外的空气吹得通红，小小的鼻孔随着呼吸一抽一抽的。

"爷爷，爷爷，听我说呀。"

身穿一套栗红色带家纹小和服的太郎突然出了声。他拼命想着什么，像在努力思索，想笑，又拼命忍住，小酒窝在脸上若隐若现——看着他这副样子，马琴不禁被逗笑了。

"每天都要使劲儿。"

"嗯？每天都要使劲儿干什么？"

"用功。"

马琴终于笑出了声。他边笑边接话："还有呢？"

"还有……嗯……还有，不要发脾气！"

"哎呀，这就完了吗？"

"还有呢。"

说着，太郎扬起梳着线髻的小脸儿，自己也笑了起来。看着他那眼睛眯成一条缝儿、露出一口小白牙的带着小酒窝的笑脸，怎么也想象不出他长大后会变得像世人一样猥琐。马琴沉浸在这天伦之乐中，同时又在思考这个。这想法，越发撩得他心痒痒的。

"还有什么？"

"还有呢，说了好多呢！"

"好多什么？"

"唔——爷爷以后呢，会更加了不起！所以……"

"所以？"

"所以呀，您要使劲地、使劲忍耐！"

"我是在忍耐呀。"马琴不禁认真起来。

"要更加使劲、更加使劲地忍耐！"

"谁告诉你这些话的？"

"是……"

太郎调皮地瞅了爷爷一眼，笑了。

"您猜？"

"我猜猜……你今儿朝香去了，一定是听庙里的和尚说的吧？"

"不对。"

太郎果断摇头,从马琴膝盖上欠起半个身子,微微抬起下巴。

"是……"

"嗯?"

"浅草寺的观音菩萨说的。"

话音未落,孩子就开心地笑起来,声音大得全家都能听见。大概是怕被马琴捉住,他飞快地从马琴身边逃开。成功地让爷爷上了自己的当,他乐得拍着小手,一溜烟似的朝起居室那边奔去。

就在此时,马琴心中瞬间闪过一个严肃的念头。他的唇边泛起幸福的微笑,同时,不知何时起,眼中亦噙满了泪水。这玩笑,是太郎想出来的,还是母亲教他的,他并不想追问。此时此刻,能从孙子口中听到这句话,着实不可思议。

"是观音菩萨说的啊。要学习,不要生气,还有,要使劲忍耐。"

六十多岁的老艺术家笑中含泪,像孩子一样点了点头。

十五

当天晚上。

马琴借着圆柱行灯微弱的光线继续撰写《八犬传》。写稿时，家里人都不进书房。静悄悄的屋子中，灯芯的吸油声和着蟋蟀的鸣声，窸窸窣窣地诉说着长夜的空虚与寂寥。

刚下笔时，脑中闪现出一道微弱的光。写过十行二十行后，随着笔尖的推进，那道光竟徐徐亮了起来。凭经验，马琴知道那是什么。他小心翼翼地运笔。灵感跟火苗是一码事，不懂如何生火的话，即使点着了，也会立刻熄灭……

"不要急，要尽量考虑得深刻些。"

马琴边抑制动辄就要脱缰的笔杆边几次三番地如此朝自己低语。可方才脑中那如点点星屑般的灵感已汇聚成江河，奔流不息，而且势头越来越猛，不由分说地推着他向前走。

不知何时起，他已经听不见蟋蟀叫了。圆柱行灯虽然不亮，眼睛也丝毫不觉得吃力。笔杆自然而然地动着，势如破竹般地在纸上前行。他用与神明一较高下的态度拼命写着。

脑中的洪流恰似奔腾在夜空中的银河，不知从何处滚滚而来，满溢而出。来势之猛，令他生畏。万一自己的身体吃不消怎么办？他很担心。他握紧笔杆，一再对自己说："一口气写下去吧。现在不写，说不定以后就写不成了。"

那道好似朦胧之光的洪流毫无滞势，反倒飞奔向前，令人眼花缭乱。它淹没一切，汹涌澎湃，朝他袭来。终于，他被它完全俘虏。接着，他把一切都抛诸脑后，顺着那股洪流肆意挥洒，势如暴风。

此时，他那有如帝王般威严的眼神中既没有利害得失，也没有爱恨之情。为名誉所苦的烦恼老早就消失在他的眼底。眼中有的，只是不可思议的愉悦感；或者说，是一种感激之情。它悲壮得令人心醉神迷。不懂这种感激之情的人，又怎能品味到戏作三昧的甘美？怎能理解一个戏作者的庄严灵魂？这美丽的、在作者面前熠熠生辉的、仿若淘净所有残渣的崭新矿石般的东西，不正是"人生"吗？

这时，起居室里，阿百和阿路婆媳俩正面对面坐在行灯旁做针线活。太郎大概已经睡下了。身体孱弱的宗伯坐在稍远处，一直在忙着搓药丸。

不一会儿，阿百把针在油乎乎的头上蹭了蹭，气鼓鼓地嘟囔："你爹还没睡呢？"

"准是只顾着写，什么都顾不上了。"

阿路眼盯着针尖，答道。

"真要命。又赚不了几个钱！"

说着，阿百看了看儿子跟媳妇。宗伯装没听见，也不答她。阿路一言不发，只管飞针走线。蟋蟀鸣叫着。这里叫，书房里也叫，吟唱出永恒不变的秋意。

秋

一

　　还在上女子大学时，信子就有才女之称。几乎所有人都深信，她迟早会成为一名作家，在文坛崭露头角。还有人四处宣扬，称她在求学期间就写完了三百多页稿纸的自传体小说云云。但从大学毕业后，鉴于母亲一直守寡照料着仍未毕业的妹妹照子和自己，在母亲面前，便不好任性妄为，家里情况也复杂。这么着，在开始创作之前，信子不得不遵循世俗规矩，先解决婚姻大事。

　　她有位表兄，名叫俊吉。当时，他还是文科在读的大学生，但似乎已抱有将来投身作家行当的志向。信子原本就与这位大学生表兄走得很近，有了文学这个共同话题，俩人越发亲近。只是，与信子不同，他对当代流行的托尔斯泰主义等概念毫无敬意，且说话时总夹杂着法国风味的讽刺和警句。俊吉这种冷嘲热讽的态度经常惹怒处事一丝不苟的信子，但生气归生气，从俊吉的讽刺和警句中，信子还是感受到了某种不可轻视的力量。

所以，上学期间，信子没少跟他一起去展览会和音乐会。自然，每次出门，妹妹照子大都随行。三个人同去同回，无拘无束，有说有笑，不过，妹妹照子时常被孤零零地晾在一旁，说不上话。尽管如此，她仍会孩子气地东张西望，边走边观望橱窗里的遮阳伞跟围巾，仿佛并未因被冷落而感到不满。倒是信子，只要察觉到这点，必定会转换话题，立刻把妹妹拉回到谈话中。可每次忘了照子的，又总是信子自己。俊吉似乎对一切都满不在乎，依旧妙语连珠地说着笑话，穿梭于如织的行人中，大步向前走……

信子和她表兄的关系，任谁看来，都会充分预料到这点：他们以后会结婚。对她这未来，同学们不是羡慕，就是嫉妒。特别是不认识俊吉的人（只能谓之滑稽），羡慕嫉妒之情更甚。信子一方面否定她们的推测，另一方面，又刻意不动声色地暗示确有其事。因此，直到毕业前，她和俊吉出双入对的身影一直清晰地铭刻在同学们的脑海中，恰似一张新郎新娘结婚照。

然而，一毕业，信子却出人意料地突然与一位高等商业学校毕业的青年结了婚，对方即将奔赴大阪某商社就职。婚礼刚过两三天，信子就随新郎一同去了大阪。据去中央车站送行的人说，那时，信子和平时一样，脸上带着明朗的微笑，还想方设法宽慰动不动就落泪的妹妹照子。

同学们都感到不可思议。不可思议的情绪中混杂着一种微妙的喜悦心情和与之前迥然不同的嫉妒。有人相信信子，把此事归咎于信子的母亲，说是母亲的意思。也有人怀疑信子，称是她变了心。可她们自己并非不懂，这些解释纯属臆测。信子为什么不和俊吉结婚？之后的一段时间，只要一有机会，她们必定把这个疑团当成大事，谈论一番。可两个月一过，她们就完全忘记了信子。当然，也包括信子那传言中理应写过的长篇小说。

这期间，信子在大阪郊外构筑起一个幸福的新家。他们的家坐落在那一带最为幽静的松树林中。那里有松脂的香气和温暖的阳光，还有——丈夫总是出门在外时、自己在租来的二层小楼中领略到的生气勃勃的沉默。信子常常在这样的寂寥午后，没来由地心情低落起来。每当这时，她必定会拉开针线匣子，把藏在最底下那格的、叠好的桃色信笺展开，开始读信。信纸上密密麻麻地写满了钢笔字。

"……一想到过了今日便再也不能和姐姐在一起，我就止不住地流泪，写这封信时也一样。姐姐，请你千万、千万要原谅我。对姐姐做出的莫大牺牲，照子我真不知该说什么才好。

"都是为了我，姐姐才应了那门婚事。即使你否认，我也心知肚明。之前，一起去帝国剧场看戏的那晚，你问我喜不喜欢俊哥，又说，如果我喜欢，会尽力撮合我俩，让我跟俊哥好。当时，想必姐姐已读过我写给俊哥的信。找不到那封信时，我真的好恨姐姐你啊！（请原谅我。只这一件，我心里已不知有多愧疚。）所以，那天晚上，在我听来，姐姐的亲切话语简直是种嘲讽。我生着气，连像样的答复都没有给，这件事，想必你也没有忘。可是，两三天后，姐姐的婚事突然就定下来了。我打定主意，就是死，也要向姐姐道歉。因为姐姐你也喜欢俊哥啊。（不用瞒。我清楚得很哦。）如果不是为了迁就我，你肯定早就和俊哥好了。可姐姐却三番五次地对我说，你没有考虑过俊哥云云，最后，还违心地跟别人成了婚。我敬爱的姐姐啊！你是否还记得，今天我抱了一只鸡、让那鸡与即将奔赴大阪的姐姐你告别？因为我想让我养的鸡和我一同向姐姐赔罪啊。结果，连蒙在鼓里的母亲都哭起来了呢。

"姐姐，你明天就要去大阪了。但是，请永远不要忘记你的妹妹照子。照子每天都会喂那只鸡，边喂边想着姐姐，在别人看不到的地方哭泣……"

每次读这封带着少女情怀的信，信子必定热泪盈眶。尤其一想起在自己准备从中央车站上火车的当儿悄悄将这封信塞过来的照子的神态，心里就有种说不出的怜爱之情。可是，她的婚姻是否真如妹妹所想那般，是一种完全的牺牲呢？流过眼泪后，这样的疑虑在她心头蔓延，加重了内心的苦闷。为了逃避这种苦闷，信子总是沉浸在带点愉悦的感伤之中，望着洒向屋外松树林的阳光渐渐变得昏黄，直到夜色降临。

二

婚后三个月左右，他们和所有新婚夫妇一样，幸福度日。

丈夫不善言辞，有点女人气。每天下班回家吃过晚饭后，都会花上几个小时陪信子。信子边打毛线活儿边谈些最近坊间轰动一时的小说和戏剧，话题中时不时掺杂些受女子大学影响的、带有基督教味道的人生观。晚饭小酌后，丈夫脸上带着红晕，把看过的晚报撂在膝上，颇感新鲜地侧耳细听。不过，他从来不发表自己的意见。

他们几乎每个周日都要去大阪或近郊的景点去散心。每次坐火车和电车时，信子都对随处吃喝、毫无顾忌的关西人心生鄙夷。而丈夫安静沉稳，一看就有教养，她颇感欣慰。事实上，衣冠楚楚的丈夫夹在那些人当中，无论礼帽还是西装，抑或红色高筒马靴，都散发出一股香皂般的清新气息。特别是夏天休假期间远游至舞子海滨时，拿丈夫跟恰巧来同一茶馆歇脚的公司同事一比，信子心中更增添一份按捺不住的自豪。不过，对那些不上档次的同事，丈夫倒像是挺亲切的。

不久后，信子又想起长时间束之高阁的写作一事。于是，只在丈夫不在家时坐在桌前写上一两个小时。丈夫听说此事后，嘴角带笑，温和地说了句："马上就要成为女作家啦。"可意外的是，即使坐在书桌前，笔头也不顺。她每每察觉到，自己时常呆呆地以手支腮、忘我地倾听烈日松林中的蝉鸣声，度过一天。

残暑刚过、即将入秋的初秋某日，丈夫要去上班，想换下已沾上汗渍的衬领。不巧的是，其余衬领都送到洗衣店了。丈夫平时总是衣衫整洁，当下便沉下脸来，边扣西装背带边一反常态地挖苦："就知道写小说，真要命。"信子沉默着垂下眼睑，为他掸去衣服上的灰尘。

又过了两三天，某天晚上，看到晚报上登载的粮食问题，丈夫就说，每个月的开销是不是能节省些？甚至说了这样一句话："你也是，总不能一直过得像个女大学生吧？"信子无精打采地应着，给丈夫的领结绣上花纹。不料丈夫意外地不依不饶："还有这领结，买现成的不是更便宜吗？"一个劲地絮叨。信子更不知该说些什么好。最后，丈夫也一脸扫兴，无趣地埋头看起贸易方面的杂志。熄灯躺下后，信子背对着丈夫喃喃自语："我再也不写小说了。"丈夫依旧一言不发。片刻后，信子更加小声地重复了一遍，接着，啜泣出声。丈夫训斥了她两三句。那之后，信子的啜泣声仍然时断时续。然而，不知何时起，信子又紧紧依偎在丈夫身边……

第二天，他们和好如初，依旧是对和睦的夫妻。

刚和好没多久，这次，丈夫过了晚上十二点仍没有从公司回来。总算回来后，又满嘴酒气，醉得连雨衣都脱不下来。信子皱着眉头，麻利地为丈夫换了衣服。即便如此，丈夫还是口齿不清地挖苦她："今天我没回家，你的小说，进展很大吧？"——他像女人一样说了好几遍这种话。躺下后，信子又不禁簌簌落泪。这情形，要是给照子看见，还不知道怎么陪自己一起哭呢。照子，照子，我能信赖的人，只有你了。——信子无数次地在心中呼唤妹妹的名字，忍耐着丈夫充满酒臭的呼吸，一整夜翻来覆去，几乎没合眼。

然而，第二天一早，自然而然地，夫妻俩又和好了。

这种事反复发生过好几次，季节也渐渐进入深秋。不知不觉间，信子已很少提笔坐在书桌前，丈夫也不再像先前那样带着新鲜感听她谈论文学。每晚，他们都隔着长火盆谈些琐碎的家庭开支来消磨时间。至少对晚饭小酌后的丈夫来说，这种话题最能挑起他的兴趣。即便如此，信子还是得时不时可怜巴巴地看着丈夫的脸色行事。然而丈夫浑然不觉，边咬着近来留长的胡须边若有所思地说些"要是能有个孩子……"之类的话，神情无比快活。

自那时起，每个月都能在杂志上看到表兄的名字。信子在婚后与他断绝了书信来往，似乎已将他忘得一干二净，仅能在妹妹寄来的信中了解到他的动向——已从大学毕业啦，开始创办同人杂志啦等等。信子无意深入了解他，可在杂志上看到他发表小说，那种亲切感一如往昔。她翻着那一页，多次独自露出微笑。在小说中，俊吉像宫本武藏那样，仍旧挥舞着嘲讽和戏谑这两样武器。然而，兴许是错觉，信子总觉得，轻快的揶揄背后隐藏着表兄至今未曾有过的、既失落又自暴自弃的口吻。一泛起这个想法，她就无法不生出一股内疚之情。

打那以后，信子对丈夫更加温柔体贴。寒夜中，丈夫总能在坐在长火盆另一端的信子脸上看到明朗的微笑。信子的面容比之前更显年轻，还经常薄施粉黛。她一边摊开针线活一边回忆起在东京举行婚礼时的情景。她桩桩件件都记得，丈夫又惊又喜。"你记得还真清楚啊！"——只要丈夫出声打趣，信子必定一言不发，只用抛媚眼来代替回答。不过，她也时常自己在心里纳闷：为什么对这些难以忘怀？

不久后，母亲来信告诉信子，妹妹也定下聘礼了。信里还说，为了迎娶照子，俊吉在山手区郊外购置了一套新居。信子赶忙给母亲和妹妹写了一封长信表示祝贺。"因家中无人照料，虽非本意，亦不能前去参加婚礼……"写出这样的句子时，（不知为何）她再三辍笔，难以继续。这时，她必定会抬起双眼，眺望外面的松林。初冬的天空下，松树郁郁葱葱，苍翠挺拔，绿得发黑。

那一晚，信子和丈夫聊起照子结婚的事。丈夫一直面带微笑，兴趣盎然地听她模仿妹妹的口气说话。可信子心里总揣着这样一种想法：这些话是自己说给自己听的。

"行了，该睡了。"两三个小时后，丈夫抚着柔软的胡须，懒洋洋地从长火盆边起身。

信子还没想好要送什么贺礼给妹妹、正用火筷在炭灰上写字。此时，她突然猛地抬起头，说了一句"不过，说来也怪，我马上也要有妹夫了"。

"这有什么可奇怪的？你有个妹妹嘛。"

听了丈夫这话，信子仍旧一副若有所思的模样，没再搭腔。

照子和俊吉在腊月中旬举行了婚礼。当天，快到中午时，天空开始落下片片白雪。信子独自吃过午饭后，嘴里的鱼腥味一直挥之不去。"东京是不是也下雪了？"信子边琢磨这个边轻轻靠在昏暗客厅中的长火盆边。雪越下越大。鱼腥味依然固执地附着在口中，不肯散去。

三

第二年秋天，信子跟随出公差的丈夫一起出门，久违地踏上了东京这片土地。可是，丈夫时间稀少，要办的事又多，只在刚到东京那天到信子母亲那里露了个面，几乎再无机会带信子出门。因此，去妹妹、妹夫的郊外新居登门拜访时，信子独自一人从新开辟的街道上的电车总站换到人力车上，摇晃着到了地方。

新居在居民区往葱田那边走不远处，可街坊邻居的房子无一不是新建的出租房，布局狭窄，一间挨着一间。带檐的院门，扇骨木篱笆，还有竹竿上晾晒的衣物——家家户户都是一个样。他们竟住在这么不起眼的地方，信子心里多少有些失望。

不过，意外的是，信子叫门时，出来应声的是表兄。和从前一样，一见稀客到访，他就开心地"啊"了一声。信子发现，不知从何时起，他已经不留平头了。

"好久不见。"

"来，快进屋。不巧，家里就我一个人。"

"照子呢？不在家？"

"办事去了。用人也不在。"

信子生起一股奇怪的羞意，在大门口脱下带有漂亮衬里的大衣。

俊吉把信子让进八叠大的书房兼客厅，让她坐下。目之所及，到处都是书，散乱地堆着。特别是午后阳光透进的纸格窗下，一张小小的紫檀书桌旁更是乱得无法收拾，报纸、杂志和稿纸四处散落。唯一昭示出屋里住了位年轻妻子的，只有靠在壁龛上的一张新筝。信子四处张望，一时之间难以收住目光。

"从信上知道你要来，可没想到，今天就到了。"俊吉点了根烟卷，到底流露出难以忘怀的眼神。

"在大阪过得怎样？"

"俊哥呢？幸福吗？"

从这三言两语中，信子意识到，过去那种令人怀念的感情又一次复苏了。两年间各过各的、连书信都不曾通过的尴尬回忆，并没有想象中那样令人忧心。

他俩边就着火盆烤火边聊了很多话题。俊吉的小说啦，两个人都认识的熟人的逸闻啦，东京和大阪的不同之处啦，话题多得怎么聊也聊不完。然而，两人像商量好了似的，对生活上的话题绝口不提。这使得信子更加强烈地认识到：自己是在跟表兄说话。

时不时，俩人也会陷入沉默。这时，信子就会面带微笑，看着火盆里的灰，内心生出一股谈不上期待，但总归朦朦胧胧地等待着什么事发生的心情。不知是故意还是偶然，俊吉总能立刻找到新话题，打破她这种情绪。最后，信子终于忍不住偷瞄了一下表兄的表情。俊吉却一脸沉静地抽着烟，脸上看不出刻意装作若无其事的不自然的表情。

不一会儿，照子回来了。一看见姐姐来了，她高兴得手舞足蹈。信子也唇边带笑，眼中一直噙着泪花。两个人暂时撇下俊吉，互相询问这一年多来的生活情况。尤其是照子，生气勃勃，面色红润，连现在仍在养鸡这种事也不忘告诉姐姐。俊吉叼着烟卷，心满意足地望着两姐妹，依然笑眯眯的。

不一会儿，女佣也回来了。俊吉从女佣手里接过几张明信片，立刻伏在桌上，开始奋笔疾书。

"那，姐姐过来时，家里没人吗？"照子对女佣不在一事大感意外。

"嗯，只有阿俊在家。"信子如此答道，觉得自己似乎在故作镇定。

俊吉背对她俩，说道："感谢你老公吧！那茶还是我沏的呢。"

照子跟姐姐对视了一下，淘气地"扑哧"一笑，故意不接丈夫的话。

很快，信子便和妹妹、妹夫一起围坐在餐桌前。听照子说，饭菜里的鸡蛋都是家里养的鸡下的。俊吉边给信子斟上葡萄酒，边摆出带有社会主义色彩的论调："人类的生活靠掠夺来维持。小到这鸡蛋……"说归说，可三人之中最爱吃鸡蛋的，无疑是俊吉自己。照子说他这话滑稽可笑，笑得像个孩子。在这样的饭桌气氛中，信子不禁回想起在远方松林中那间寂寥的客厅中度过的黄昏时分。

用过饭后水果后，话题依然说不完。略带醉意的俊吉盘腿坐在长夜中的电灯下，大肆搬弄他那一流的诡辩口才。谈笑风生中，信子再次焕发青春。

她眼中闪着激情，说道："我也想写小说！不知道行不行。"

表兄却抛出古尔蒙[①]的警句来作答："缪斯们是女流之辈，

[①] 雷·德·古尔蒙（1858—1915），法国后期象征主义诗坛的领袖，批评家，小说家。

所以，只有男人才能剥夺她们的自由。"

信子和照子结成同盟，否认古尔蒙的权威性。"那，女人就不能成为音乐家喽？阿波罗不就是男人吗？"——照子甚至这样反问，表情认真。

言笑间，夜已深，信子终于得要留宿一晚。

躺下前，俊吉支起一片外廊上的雨户①，穿着睡衣，走到狭小的庭院中。随后，说了句"快出来看看！多好的月亮"，但并没有指名道姓。信子独自跟了出来，把脚伸进脱鞋石上的庭院用木屐。没穿布袜的赤裸双足感受到冰凉的夜露。

庭院一角，月儿挂在瘦削的桧树树梢上。表兄立在桧树下，眺望着清朗的夜空。

"杂草真多呢。"信子似乎对荒芜的庭院感到恐惧，怯怯地向他身边挪过去。

俊吉依旧仰望夜空，喃喃自语道："今晚好像是十三夜②啊。"

沉默少顷后，俊吉静静地将视线转向信子："去鸡舍看看吧？"信子默默点了点头。鸡舍刚好在庭院另一头，跟桧树相

---

① 推拉窗外的挡雨用具，多用木板制成。既可以水平滑动，也可以上下滑动，平时推进安在外墙上的"窗套"里，下雨时拉出使用，古时起到防雨防风兼防盗的功能。
② 在日本，旧历九月十三（公历十月）也有赏月的习惯，俗称十三夜。每年的公历时间都有变动，例如，2014年的十三夜是公历10月6日，2015年的十三夜是公历10月25日，2016年的十三夜是公历10月13日。十三夜当天的赏月贡品除了糯米团之外，还有栗子和毛豆，因此，又称"栗名月"或"豆名月"。

对。两个人肩并肩，慢慢走到那里。苇席圈中只有鸡的味道和朦胧的光影。俊吉向鸡舍中张望了一下，几乎自言自语般朝信子嘟囔了一句："睡着了。"

"被人拿走了鸡蛋的鸡……睡着了。"信子呆立在草丛中，脑中只盘旋着这一句。

俩人从庭院中返回时，照子正坐在丈夫的书桌前，呆呆地望着电灯罩——那趴着一只绿色浮尘子的电灯罩。

四

第二天一早，俊吉换上唯一一身好西装，吃过饭后就直奔大门口，说是必须去给亡故整一年的好友扫墓。

"你在家里等着，中午之前，我一定赶回来，明白吗？"他边穿外套边叮嘱信子。信子只是用纤纤玉手托着他的礼帽，默默微笑着。

照子将丈夫送出门后，招呼姐姐在长火盆旁坐下，殷勤地端茶倒水。隔壁的太太、来采访的记者、跟俊吉去看的外国歌剧团演出……说不尽的愉快话题。照子似乎永远有话说。信子心中却一片消沉。她忽然意识到，自己一直心不在焉地敷衍妹妹。这一点终于被照子看穿了。妹妹担忧地瞧着她，问道："你怎么了？"可信子自己也说不清自己到底是怎么回事。

挂钟响了十下时，信子懒懒地抬起眼："看来俊哥是回不来了。"照子顺着姐姐的话抬起头，看了一下挂钟，只说了一句："还不——"口气却意外地冷淡。从这句话中，信子听出一种对丈夫的怜爱感到心满意足的新娘的心情。一想到这点，信子越发郁郁寡欢。

"照子妹妹好幸福啊。"信子把下巴缩在和服衬领里，半开玩笑似的说。然而，这句话中隐含着由衷的羡慕之情，她无论如何也掩饰不住这一点。

照子依然一派天真，生气勃勃地微笑着，玩笑似的横了信子一眼，说："咱们走着瞧。"接着，立刻撒娇似的追加了一句："姐姐不也很幸福吗？"这句话深深刺痛了信子。

她稍稍抬起眼皮，反问道："你真这么想？"问完后，她立刻后悔了。照子脸上闪过一丝惊讶，与姐姐对视着，脸上也浮现出掩饰不住的后悔。信子强颜欢笑，说了句"有你这句话，我也算幸福了"。

沉默笼罩在两人之间。挂钟一分一秒地走着，两个人心不在焉地倾听着长火盆上水壶沸腾的声音。

过了一会儿，照子怯怯地低声问道："那个，姐夫对你不好吗？"声音中分明带着同情的意味。可当时，信子一心只想拒绝别人的怜悯。她把报纸摊在膝上，眼睛盯着报纸，故意不作答。跟大阪的报纸一样，这里也在说米价上涨的问题。

看着看着,她听到静静的客厅中有人在轻轻哭泣。信子从报纸上抬起头,看见长火盆对面的妹妹正以袖掩面。"用不着哭呀。"尽管被姐姐如此劝慰着,照子还是无法轻易止住眼泪。信子品味着残酷的愉悦感,默默盯着妹妹抖动不止的肩头看了一会儿。接着,像忌讳女佣听到似的,把脸凑近照子,低声说道:"要是说错了话,我向你道歉。只要照子你幸福,就是天大的好事。真的。只要俊哥爱你——"说着说着,信子被自己这番话所感动,声音渐渐陷入感伤。突然,照子放下袖子,抬起沾满泪水的脸。令人意外的是,她的眼中没有悲伤,也没有愤怒,只有一股无法抑制的嫉妒之情在熊熊燃烧。"那,姐姐你……姐姐你昨晚为什么要——"说到一半,照子又以袖掩面,歇斯底里地大哭起来……

两三个小时后,信子赶着去电车总站,坐上了摇来晃去的带篷人力车。她只能通过前方车篷上挖出的方形小窗看到外面的世界,小窗上蒙着一层透明塑料。一间间郊区人家的房屋和一排排染上秋色的野树林树梢从小窗中慢慢闪过,不间断地向后退去。只有云淡风轻、清冷深邃的秋日天空,在这片景色中岿然不动。

信子心中一片宁静。支撑着这份宁静的,却是认命之后的落寞感。歇斯底里地哭过后,两人同时流下重归于好的眼泪,轻而易举地重新成为一对好姐妹。然而,事实就是事实,仍然萦绕在信子心里。不等表兄回来就起身上车时,她就觉得,自己已然和妹妹成为永无关联的陌生人。这种感觉充满恶意，将她的心彻底冰封在一片寒冰之中。

忽然，信子抬起双眼。这时，透过塑料窗，她看到表兄正迎面走在杂乱无章的大街上，手里拿着手杖。她犹豫了。要不要停车，还是就此擦身而过？她按下这股悸动，徒然地坐在车篷后，想了又想。俊吉与她的距离越来越近，眼看就要有交集。他沐浴在淡淡的阳光下，慢慢走在水洼很多的小路上。

"俊哥"——这声招呼差点就要脱口而出。其时，俊吉已走到她车旁，熟悉的身影就在眼前。可她又犹豫了。转瞬间，一无所知的俊吉便与带篷人力车擦肩而过，渐行渐远，画面中只剩下略显浑浊的天空、稀稀落落的房屋、高高的树梢上的黄叶……还有那依然人影寥落的郊外小路。

"秋天……"

信子坐在已有几分寒意的车中，全身心地感受着这种失落感，细细品味着这份秋意。

海市蜃楼

一

一个秋天的午后，我和从东京到此游玩的大学生 K 君一起出门，去看海市蜃楼。鹄沼海岸能看到海市蜃楼，这事大概已人尽皆知了吧。比如我家女佣，看见船只倒映在水面上，就会发出感叹："这跟之前报纸上登的一个样儿呢。"

我们拐过东家旅馆，顺便去邀 O 君。O 君依然穿着红衬衫，他好像正准备做午饭，透过篱笆，能看到他正在井边使劲摇泵抽水。我举起桦木手杖，跟 O 君打了个招呼。

"请从那边进屋。……哎呀，你也来了？"

O 君好像以为我跟 K 君是来找他玩的。

"我们要去看海市蜃楼。你要不要一起去？"

"海市蜃楼？"

O 君一下子笑了出来。

"这阵子是流行看海市蜃楼。"

五分钟后，我们就跟 O 君一同走在沙土很厚的路上了。路的左手边是沙滩，上面有两道牛车压过的车辙，黑黢黢地斜伸开来。深深的车辙让我有种受到压迫的感觉。这是伟大的天才工作时留下的痕迹——那种压迫感大概是这样的。

"我的身体不中用了。唉，看见这种车辙，就觉得不服不行。"

O 君皱起眉，没应我的话。但我知道，O 君清楚地理解我的心情。

走了一会儿，我们穿过松树林——低矮稀疏的松树林，沿着引地河的堤岸走过去。宽广的沙滩对面，深蓝色的大海一望无际，可江之岛上的房屋和树木却笼罩着一种阴郁之感。

"现在真是新时代呀。"

K 君突然发话。不仅如此，脸上还带着微笑。新时代？……不过，我也瞬间发现了 K 君所说的新时代是什么。防沙竹篱后站着一对儿眺望大海的男女。当然，穿着薄薄的护肩斗篷大衣、戴着礼帽的男人不能算"新时代"，但剪了短发、撑着洋伞、穿着低跟皮鞋的女人的确算是"新时代"。

"挺幸福嘛。"

"你不也是叫人羡慕的那些人里的一个吗？"

O 君开着 K 君的玩笑。

能看见海市蜃楼的地方距离那对男女约百来米。我们几个趴在地上，隔着河远远观望热气蒸腾的沙滩。沙滩上，一条蓝色缎带状的东西在摇曳，怎么看都像是大海的颜色反射在蒸腾的热气中又折射出的幻象。除此之外，沙滩上看不到任何船影之类的东西。

"这就叫海市蜃楼？"

K君一脸失望，下巴上沾满沙子。这时，二三百米之外的沙滩上，不知从哪儿飞来一只乌鸦，掠过摇曳的蓝色缎带状的物什，飞向更远的地方。与此同时，乌鸦的影子瞬间倒映在热气蒸腾的条状物的上方。

"今天这样，就算收获不小。"

随着O君开口说话，我俩也一起站起身。这时，比我们先到的、在我们身后的那两个"新时代"，竟迎面朝我们走来。

我吓了一跳，回身看了看后面。可是，那两个人好像一直站在离我们一百米左右的地方说话，没有动过。我们——特别是O君，似乎很扫兴，笑了起来。

"这个景儿反而更像海市蜃楼吧？"

不消说，在我们前方出现的"新时代"并非之前那两位。但是，女人的短发和男人的礼帽几乎和那对儿一模一样。

"我还真有点发毛。"

"我也在想，这两位是什么时候出现的啊。"

我们边聊边走。这回没沿着引地河的堤岸走，而是翻过矮沙丘往前走。防沙竹篱脚边的矮松被沙丘吹来的沙染黄。O 君走过那里时，吃力地弯下腰，从沙子上捡起了什么。那是一块木板，上面用沥青之类的东西描出黑框，框内写着字。

"什么玩意儿，这是？Sr. H. Tsuji……Unua……Aprilo……Jaro[①]……1906……"

"这是什么啊？dua……Majesta[②]……？后面还写着 1926 呢。"

"这个嘛，那什么，是水葬尸体上带着的东西吧？"O 君做出了这样的判断。

"可是，水葬时，总会用帆布还是什么东西裹住尸体呀？"

"所以才会带着这块牌子啊。——你瞧，上面有钉子。这东西原先是十字架形状的呀。"

这时，我们已经走在别墅园景般的矮竹篱和松林之间。木牌的来历似乎相当接近 O 君的推测。朗朗乾坤下，我心中生起一股不该有的恐惧感。

"捡了个不吉利的东西啊。"

[①] 世界语中的单词。Tsuji 是日文罗马音，对应汉字是"辻"，应该是此人的名字；H 是此人的姓的缩写；其他单词对应的英文单词分别是 First（Unua）、April（Aprilo）、Year（Jaro），故，这句的意思是"……辻生于 1906 年 4 月 1 日"。

[②] 世界语中的单词。Dua 的意思是"2"，对应英文单词 Second；Majesta 的意思是"有威严的"，对应英文单词 Majestic。故，这句的意思应该是"此人卒于 1926 年某月 2 日"，"有威严的"是对死者生前性格的赞美之词。

"这有什么的,我要把它当成吉祥物。……不过,1906到1926啊,这么说,二十岁就死了嘛。二十来岁——"

"是男还是女?"

"不好说。……不过我觉得,没准是个混血儿。"

我边回答K君的问话边在心里琢磨死在船上的青年混血儿的模样。照我的想象,他的母亲应该是日本人。

"海市蜃楼吗……"

O君笔直地盯着前方,突然抛出一句自言自语。说者或许无心,可这句话微微触动了我的内心。

"去喝杯红茶吧。怎么样?"

不知不觉间,我们已站在满是建筑的街角处。满是建筑?然而——砂砾干燥的大街上几乎空无一人。

"K君,你怎么样?"

"我怎么着都行……"

这时,一只雪白的狗耷拉着尾巴,迎面朝我们走来。

二

K君回东京后,我又和O君跟妻一起走过引地河上的桥。这回是晚上七点去的——刚吃过晚饭后。

那天晚上看不到星星。我们走在无人的沙滩上,没怎么说话。引地河河口附近的沙滩上有一点灯光在闪，好像是给出海捕鱼的船只当标志用的。

不消说，海浪声不绝于耳。越靠近岸边，海腥味儿越浓。与其说那是海的味道，不如说，是被海水卷至脚边的海草和盐木[①]的味道。不知何故，除鼻腔闻到味道外，我的皮肤也感受到了这种气味。

我们在岸边站了一会儿，眺望着浪花的起伏。海上一片漆黑。我回想起大约十年前在上总一处海岸逗留时发生的事，同时，也想起了那时和我在一起的一个朋友。在自己的学习任务外，他还看了我的短篇小说《芋粥》的样刊，帮我做了校对。

过了一会儿后，不知何时起，O君已蹲在了岸边，擦亮一根火柴。

"干什么呢？"

"没干什么……擦根火柴看看罢了。能看见很多东西吧？"

O君回过头，仰头看着我们，后半句是对着妻说的。果然，一根火柴的光亮就能照出散乱在海松和石花菜间的各式贝壳。一根熄灭后，O君又擦着一根，慢慢地沿着岸边走着。

"哎呀，真吓人。我还以为是土左卫门[②]的脚呢。"

[①] 制盐时用来点火煮沸海水的柴火。
[②] 享保年间的相扑选手，又白又胖。淹死后，尸体膨胀得非常吓人。此后，人们便用他的名字来指代溺水而亡的人。

那是只半埋在沙子里的游泳鞋,旁边的海草里还躺着一大块海绵。这时,火光一灭,周围比之前更暗。

"没像白天那样有收获呀。"

"有收获?啊,你说那木牌?那玩意儿可不是随处可见的。"

我们把不绝于耳的海浪声撇在身后,从沙滩上折返。除了沙子,脚还经常踩到海草。

"估计这边也有不少东西。"

"再擦根火柴看看?"

"好。……咦?铃铛在响。"

我稍稍竖起耳朵——因为最近老是对声音产生错觉。不过,的确从某处传来了丁零丁零的响声,错不了。我打算再问O君一次,看他有没有听到这声音。这时,落后我们两三步的妻笑着对我俩说:"估计是我漆木屐①上拴的铃铛在响吧。"

可是,不用回头我也知道,妻穿的是草鞋。

"今晚想当回孩子,穿着高齿木屐走走路。"

"是夫人袖子里的东西在响呢——哦,是小Y的玩具呀。挂着铃铛的塑料玩具。"

O君也笑着说。接着,妻追上我俩,三个人并排行走。借着妻的这个玩笑,我们聊得比之前更起劲。

---

① 少女常穿的高齿木屐。

我跟O君说了昨晚的梦。那是个跟某栋新式住宅前的卡车司机聊天的梦。在梦里，我真的觉得以前在哪儿见过那司机，可醒来后，还是记不起到底在哪儿见过。

"后来，突然就想起来了，是三四年前为采访稿而来、只来过一次的女记者。"

"那，司机是女的喽？"

"不，当然是男的啊，只不过，脸是她的。见过一面的人还是在脑中留下印象了吧。"

"应该是。只凭脸就给人留下深刻印象……"

"可是，我对那个人的脸没兴趣呀，这样反而更可怕。总觉得，人的思想意识之外还存有别的什么东西……"

"类似于'一擦着火柴，就能看见好多东西'，是吧。"

说这些话时，我发现唯独大家的脸可以看得一清二楚。天空还是跟刚才一样，一颗星都瞧不见。我又开始害怕起来，无数次地仰望天空。这时，妻也看似意识到了什么，还没等我发话，就接过我的疑问。

"是因为沙子吧。对不对？"

妻的双手绞在一起，她回头看着广阔的沙滩。

"大概吧。"

"沙子这玩意儿就爱捣蛋，海市蜃楼也是它捣的鬼。……太太还没见过海市蜃楼吧？"

"不，之前见过一次——虽说只是一片蓝色的东西……"

"就是那玩意儿。今天我们也看见了。"

我们过了引地河上的桥，走在东家旅馆的土堤外。不知何时，起了风，风将松树树梢吹得沙沙作响。一个矮个子男人快步向我们走来。我忽地想起这个夏天发生的一次错觉。也是在这样的晚上，我把挂在杨树枝上的一张纸看成了一顶帽子。然而，这个男人不是错觉。不但不是，彼此接近后，似乎连他穿着衬衫的上半身都看得清了。

"那是什么？领带夹？"

小声说完后，我忽然意识到被我看成领带夹的东西其实是烟卷的光亮。妻用袖口掩住嘴，头一个笑出声。那男人目不斜视地走着，很快便与我们擦肩而过。

"那么，晚安了。"

"慢走，晚安。"

我们随意地与O君道了别，在松涛声中走去。沙沙沙的声响中夹杂着几下几不可闻的虫鸣声。

"老爷子的金婚纪念日是哪天来着？"

"老爷子"指的是我父亲。

"哪天来着呢……东京寄来的黄油到了吗？"

"黄油还没到，只有香肠寄到了。"

说着，我们已走到家门口——走到了半开着的大门前。

地狱变[1]

一

　　像堀川大公那样的人物，不但过去不曾有，恐怕到了后世也是独一无二的。据说，大公诞生前，大威德明王曾在其母枕边显灵。总之，打从出生起，大公就与世人有别。因此，大公所做之事，没有一件不出乎我等意料。就算见识过堀川府邸的规模，我等凡人也形容不出那阵仗。宏伟？豪华？简而言之，有着无法想象的惊世骇俗感。对此，世人皆议论纷纷，说大公的秉性可与秦始皇和隋炀帝相提并论。然俗语有云，"盲人摸象"，类似道理吧。大公所思，绝非世人揣度那般只顾自己享受荣华富贵，他更

---

[1] 完整说法是"地狱变相图"。"变"是佛教用语，指用绘画、浮雕、雕塑等方式表现佛教故事的手法。"变相"指描绘出极乐世界和地狱景象的画作，旨在惩恶扬善，教导人心。

多考虑的是百姓的苦乐——所谓的"与民同乐"。大公度量极大。

即便在二条大宫遭遇百鬼夜行，他也不会觉得有何妨碍。还有，据说左大臣源融的鬼魂曾夜夜出现在以重现陆奥国盐釜海滨之景而名扬天下的东三条河原院，可被大公一训斥，鬼魂也就销声匿迹了。在这样的威望下，无论男女老幼，京中百姓一提起大公，都把他当作神佛的化身，个个心悦诚服，毕恭毕敬。有一次，大公参加宫中的梅花宴，归途中，拉车的牛脱了缰，把一位过路老人撞倒在地，不想老人竟双手合十，庆幸自己能被大公家的牛撞上。

正因如此，大公这一生给后世留下了许多类似话题。如，像天皇一样在自家盛宴中赐人白马三十匹啦，令宠爱的侍童站在长良桥上充当人柱代替桥桩啦，还有，让身负华佗之术的中国僧人给自己切去腿上的骇人脓疮啦——凡此种种，数不胜数。在车载斗量的奇闻逸事中，当数那幅被当成传家之宝的、描绘着地狱变的屏风的由来最吓人。那一回，连平日里对世事处变不惊的大公都露出了惊诧的神情，我等随侍左右的人更是吓得魂飞魄散。就说我吧，侍奉大公这二十年来，也是头一遭目睹那等骇人的场面。

二

提起良秀，或许至今还有人记得他。良秀是身负盛名的画家，在当时，论起绘画，无人能出其右。发生那件事时，他已年过五十，半脚入棺，从外表上看，不过是个身量矮小、瘦骨嶙峋、心术不正的老头儿。每次来大公府邸，他都穿一件浅褐色的狩衣，戴顶揉乌帽，形容猥琐。不知何故，他的嘴唇与他的年龄极不相称，红得刺眼，给人一种包藏野兽之心的感觉，令人恶心。有人说，他常常舔舐画笔，所以，颜料沾在了嘴上，不知是真是假。有个人讲话刻薄，说良秀的行为举止像猴子一样，就给他起了个诨名，叫猿秀。

说到猿秀，有过这么一件事。当时的大公府邸中有一个十五岁的小侍女[①]，她是良秀的独生女，生得温柔可爱，完全不似生父。可能因为早年丧母，她善解人意，少年老成，小小年纪就乖巧伶俐，通晓人情。因此，上到大公夫人，下到一众侍女，都非常疼爱她。

有一次，丹波国献上了一只驯熟的猴子。顽皮的少爷正在兴头上，就乘兴给它取了名，叫"良秀"。那猴本来就惹人发笑，再加上这么个名字，府里的人就没有不笑它的。只是笑笑，倒也罢了，每次看见这猴趴在庭中大树上或躺在房间草席上，大家还会边"良秀、良秀"地叫，边兴致勃勃地故意作弄它。

话说某日，良秀的女儿——上面讲过的那位姑娘——手持一

[①] 原文为"女房"。狭义上讲的女房，指的是在宫中或贵族宅邸中工作的女性，有独立宿舍，不烧水做饭，通常担任乳母、家庭教师、秘书等职务。若侍奉的是男性，有可能晋升为妾；若侍奉的是女性，可能会跟与女主人有往来的男性保持关系。一般会在结婚时提出辞职。

枝系有书信的冬日红梅，正走在长长的走廊中。那只名叫良秀的小猴从远处一扇拉门里蹿出来，垂头丧气、一瘸一拐地仓皇逃命。可能是腿部受了伤，它没办法像往常那样跃上柱子。小猴身后，高举枝条的少爷边喊"偷橘子的小贼！站住、站住！"边追那猴。见此情景，姑娘迟疑了一下。可逃到她跟前的小猴一把揪住她的裙裾，发出哀怨的啼声。她顿时怜心大起，无法抑制，一手捏住梅枝护住小猴，一手轻轻挥动紫匂色[1]的袿衣衣袖，温柔地抱起小猴，向少爷欠了欠身，用清脆悦耳的声音说道："实在抱歉，请饶了它吧。一只小畜生嘛。"

少爷追它追得正起劲，气呼呼地板起脸，跺了几下脚，说："为什么要给它求情！这猴偷了我的橘子！"

"畜生嘛，不懂事……"

姑娘又说了一遍，露出落寞的笑容，把心一横，说道："而且，一听良秀，总觉得叫的是我父亲。父亲有难，女儿怎能不管呢。"

就算是少爷，听了这话，也只能作罢。

"好吧。既然是给父亲求情，只好放过它啦。"

不情不愿地说完后，他把细枝扔在地上，朝之前走出的那道拉门走去，回房间了。

---

[1] 叠色的一种。紫色外衣和淡紫色里衣叠出来的颜色。

三

自那以后，良秀的女儿便跟这猴亲近起来。她把小姐赐的金铃拴在一条美丽的红绳上，系于小猴脖颈。小猴也无时无刻不离她身边。一次，姑娘受了风寒，卧床静养，小猴就乖乖地坐在她枕边，频频啃咬爪子，一副忧心忡忡的模样。

奇怪的是，打那以后，再也没人欺负小猴了。不但不欺负，反而开始疼爱它，连少爷也时不时投喂它些柿子跟山栗。要是哪个下人踢了这猴一脚，少爷还会大发雷霆。后来，大公听说少爷生气那事，特地让姑娘抱着这猴上殿觐见。自然，也是因为听说了姑娘疼爱小猴这事的缘故。

"一片孝心，其行可嘉。"

说着，大公当场赏了姑娘一身红色袙衣。小猴像人似的左右打量袙衣，恭恭敬敬地领受了。大公哈哈大笑，心中大悦。因此，大公偏爱良秀的女儿，完全是因为她疼爱那猴。大公意在赞赏她孝敬父母的德行，绝非世间所议论的那样是出于好色。当然，世间有此风言风语也并非空穴来风，这一节暂且按下，以后慢慢详谈。这里不妨先将之理解成"就算如何国色天香，一介画师之女，又怎会令大公钟情呢"也无妨。

说回良秀的女儿。她原本就乖巧伶俐，因此，虽然得此赞誉、出得大殿，一众下等侍女也没有妒忌过她。反之，打那以后，大家更加疼爱她和那猴。可以说，一人一猴愈发亦步亦趋地侍奉于小姐身旁。小姐每每乘车出游，他俩亦如影随形。

花开两朵，各表一枝。如今且按下姑娘这头，说说良秀这边。转眼之间，那猴固然得到了众人的疼爱，可关键人物良秀依旧遭人厌弃，背地里被人"猿秀、猿秀"地叫。不单大公府邸里的人这么叫他，连横川的高僧一提起良秀，也是脸色骤变，一脸憎恶，仿佛遇见了魔障[1]（一说是因为良秀曾在画中讥讽高僧们的品行——此乃贩夫走卒间的闲言碎语，不能肯定确有其事）。总之，不管什么阶层，对他的评价都是不敢恭维。若说还有谁没给过他恶评，只有两三个画家朋友和只知他画作不明了他人品的人了。

良秀不仅形容猥琐，身上还有招人厌恶的恶习，这是事实。所以，得此下场，完全是自作自受，怨不得别人。

四

他的恶习，就是吝啬、贪婪、无耻、懒惰、唯利是图——不，最要命的是，他时刻以当朝第一画家自居，专横且傲慢。若仅在绘画方面如此表现倒也罢了，可此人极其倔强，对世间所云的世俗常

---

[1] 佛教用语。妨碍出家人进行佛道修行的恶魔。

规皆嗤之以鼻。据一位师从良秀多年的弟子说，一天，某位大人府上一位唤作桧垣的名满天下的巫女被恶灵附了身，宣达可怕的神谕时，此人充耳不闻，抓起手边纸笔就将巫女的狰狞神态画了下来，画得惟妙惟肖。在此人看来，恶灵作祟或许只是哄骗孩童的把戏。

他就是这样一个人。因此，他把吉祥天女的脸部画成下作的卖春妇模样，把不动明王的身姿绘成获释的无赖，做出一系列大不敬的行径。可是，质问他时，本人竟若无其事地说："我描绘的神佛会降罪于我本人，那才是咄咄怪事！"听了这话，连他的徒弟们也目瞪口呆。有些人生怕日后被他牵连，连忙与他断绝关系——这种人还不在少数。总之一句话：他这个人可谓"妄自尊大"。天上天下，唯我独尊，这就是他的所思所想。

毫无疑问，在画坛中，良秀的地位至高无上。尤其是，此人的画作无论在运笔方法上还是调色手法上都与其他画家迥然不同。所以，与之交恶的画家中，有相当一部分人评价他是"歪门邪道"。那些人说，川成和金冈这样的昔日名家，笔下之物皆带有优美的传说：板户梅花逢月夜，阵阵幽香沁心脾；屏风宫卿弄长笛，袅袅余音绕人耳。可良秀的画作，不论何时看都令人反胃，只能谓之以诡异。比如，此人曾在龙盖寺的大门上作画，该作名为"五趣生死图[①]"。

[①] 佛教用语。佛教分三界，欲界、色界、无色界。位于最下界的欲界中的众生又分为人道、阿修罗道、畜生道、饿鬼道、地狱道和天道，称为六道。去除阿修罗道后剩下的五道称为五趣。

有人曾说，深夜走过门前，能听到天界众生的叹息声和啜泣声，甚至能闻到死尸散发出的腐臭味。再比如，他曾奉大公之命描绘府中侍女们的肖像，被其所画者，三年内必定身患绝症，人事不知，一病而亡。说得难听些，这些似乎就是良秀堕入邪道的铁证。

不过，如前所述，他是个我行我素的人，这些只会令他更加刚愎自用。有一次，大公开玩笑说"看来，你偏爱丑陋的事物嘛"，他竟咧开那与年龄不相称的红嘴唇，露出令人反胃的笑容，狂妄地答道："您说对了。那帮肤浅的画家，怎能参透丑陋之物的美妙之处？"就算身为当朝第一画家，也不该在大公面前口出妄言。难怪先前所述的那个徒弟背地里给他起了个"智罗永寿"的诨名，讽刺他的狂妄自大。想必大家都知道，"智罗永寿"是古时中国传来的天狗之名。

然而，连良秀这样——这样罄竹难书、专横跋扈的人，竟也有一丝人情味，一份人类才有的感情。

五

这份感情，指的就是良秀那好似发了狂的、对身为小侍女的独生女的怜爱之情。如前所述，那位姑娘性情非常温和，是个孝女。良秀对女儿的极致疼爱，绝不亚于她那份孝心。僧人向他化缘，他向来一毛不拔；在给女儿买衣服买首饰上，却挥金如土，全力满足。是不是叫人难以置信呢。

可是，疼爱归疼爱，就算在梦里，他也没考虑过要给女儿寻位可托付之人。岂止如此，要是有人说女儿一句坏话，说不定他会雇上一群街头混混，趁着天黑，把人狠揍一顿。因此，姑娘遵大公所言做了小侍女后，这老头子老大不情愿，当场就拉下脸来。之后每次觐见，同样满脸不悦。"大公倾心于姑娘的美貌，不管其父同不同意，强行占有"的流言，大半是从他这种态度中揣测出来的。

流言固然不属实，但一心一意疼爱女儿的良秀自始至终都在祈求大公归还女儿，这倒是事实。有一次，大公吩咐他照着宠爱的侍童画一幅幼儿文殊菩萨图，他画得极好，大公异常满意，带着谢意对他说："想要什么，都赏给你。不用客气，尽管说。"一听这话，良秀正襟危坐，顿了一下，毫不客气地说："求您放还小女。"别的人家也就罢了，如此无礼地要求侍奉于堀川大公身边的人卸去职责，即便是父亲疼爱女儿，放眼天下，也没有这种规矩。就算大公度量极大，面上亦有一丝不悦。大公沉默少顷，盯着良秀看了一会儿，最终，丢下一句"这个嘛，办不到"，忽地起身离去。前前后后，类似情况发生过四五回。现在想来，大公看良秀的眼神，是渐次变冷的。与此同时，姑娘也担心起父亲的处境，从殿上下来回房后，常常以袖掩口，嘤嘤哭泣。于是乎，"大公醉心于良秀女儿"的流言越传越广。有人说，大公让良秀在屏风上画地狱变,就是因为姑娘不肯委身于大公云云。这纯属无稽之谈。

依吾辈所见,大公不肯放良秀的女儿回家,完全是出于对她的怜悯。比起把姑娘送回那等执拗的父亲身边,不如让她自由自在地在府里生活——似乎是这样一番好意。毫无疑问,大公的本意是特别关照这位性情温和的姑娘。被说成好色,恐怕是牵强附会。不,应该说,那是毫无根据的谣言。

总之,因为女儿的事,良秀终于大大地失了宠。有一天,不知何故,大公把良秀招入大殿,命他在屏风上画一幅地狱变。

六

一提起画着地狱变的屏风,那恐怖凄惨的景象就真真切切地浮现在我眼前。

同样是地狱变,良秀的画作,首先在构图上就有别于世间画家所作之物。屏风角落里画着以十殿阎王为首的一众冥官,余下部分画着红莲①地狱中的烈火。火光冲天,席卷一切,甚至令人觉得刀山剑树也要熔化在其中。冥官们身穿唐衣,衣服上带着星星点点的黄色和蓝色,除此之外,满目皆红,一片熊熊燃烧的火

---

① 佛教用语,八寒地狱之七。堕入此层者,会因酷寒而皮开肉绽,状似莲花。继续堕入位于第八层的大红莲地狱,会体会到比红莲地狱更甚的寒苦,皮开肉绽不说,还会血流如注,全身变红。

焰之色。猩红的火焰中蹿出黑色的滚滚浓烟和金粉染成的粒粒火星，它们像"卍"印一样飞舞、跳跃着。

如此笔势，足以令人瞠目结舌。这还不算完，在业火[1]中痛苦挣扎的罪人，亦与他人笔下的形态不同。之所以这么说，是因为良秀笔下的罪人身份各异，上至公卿贵族，下至乞儿罪犯，均有描绘。有一身束带正装的宫廷人物，有穿五重袿衣的年轻侍女，有拨动佛珠念佛的僧人，有足蹬高齿木屐的侍学生[2]，有身着细长[3]的女童，有高举币帛挥舞的阴阳师……林林总总，不一而足。所有人都被火跟烟团团围住，经受牛头马面的虐待，像寒风中的树叶般瑟瑟发抖，没头没脑地四下奔逃。一个女人，头发缠绕在钢叉上，手脚扭曲得像蜘蛛一般，大概是巫女。一个男人，应该是刚上任的国司，胸口插着一根长矛，像蝙蝠一样倒挂着。此外，还有遭铁鞭痛打的、被千斤大石压身的、被怪鸟叼在口中的、被毒龙含住啃咬的……所犯罪孽不同，所受刑罚亦不相同。

其中，最触目惊心的一幕，就是半空中落下的一辆牛车眼看就要跌落到如兽牙般尖锐的刀山山顶（刀山长在树梢上，刀尖上尸骨累累，挑着许多全身上下都被穿透的死人）。地狱阴风卷起

---

[1] 焚烧罪人之火。
[2] 侍，指官中的带刀武士或给贵族当贴身侍从的人。侍学生指一边做这种工作一边在官中大学或私立学院中学习的人。
[3] 平安时代公家女童常穿的衣袍，袖上有装饰绳结垂下。

牛车上的挂帘，分辨不出里面坐的到底是女御还是更衣[①]，只知是一位满身绫罗的侍女。长长的黑发在烈焰中拂动，白皙的脖颈向后仰，一副痛苦不堪的模样。侍女的身姿也好，熊熊烧着的牛车也好，无一不使人联想到身处焦热地狱中是何等煎熬。换言之，整张画作中的恐怖景象全都集中在此处。一看到这名女子，凄厉的叫声就自然回响于耳畔。这画技，端得是出神入化。

啊啊，是了，就是为了画这一幕，才发生那件骇人的事。不然，即便是良秀那样的画家，也不可能栩栩如生地表现出地狱中的苦难。为了屏风上这幅画，良秀惨遭打击，连命都赌上了。可以说，这幅画中的地狱，正是当朝第一画家良秀总有一天要自我堕入的那个地狱。

我急于给大家讲述发生在这幅珍贵的地狱变屏风上的事，讲述顺序或许有些颠三倒四。让我们回到最初的话题，从良秀受大公之命描绘地狱景象说起吧。

七

良秀领命后，五六个月没来府上，据说一直闭门不出，专心作画。那么疼爱女儿，一画起画儿，竟连女儿也不见了，是不是

[①] 妃嫔中，地位最高的是女御，其次为更衣，皆侍寝。

挺不可思议？据之前提过的那个徒弟说，只要一开始画画儿，良秀就像被狐狸勾住魂儿似的。实际上，当时就有人说，良秀能在画坛上成名，是因为他向狐仙许了愿。证据就是，只要待此人开始作画后隐于阴影处偷窥，必定会看到数匹灵狐影影绰绰地前后簇拥着他。只要一拿起画笔，他就会把其他事忘得一干二净。他会闭门不出，不分昼夜地画，几乎不见阳光。特别是画屏风上这幅地狱变时，走火入魔的做派更甚从前。

他会在大白天关门堵窗，于结灯台[①]下调制神秘的颜料，要么就让徒弟们或穿水干或穿狩衣，打扮得全不相同，他再细细地一个一个照着画——不合常理。此等怪异行径并非只在画地狱变时出现，平时，只要开始作画，他都是这种做派。画龙盖寺大门上那幅《五趣生死图》时也一样，放着活人不看，偏要眼珠一错，跑到大街上的死尸旁不慌不忙地坐下，对着半腐烂的脸和四肢一笔一画地描绘。说到这里，肯定有人不明白这位对绘画过分执迷的人物到底是怎么回事。眼下无暇详述，只拣些重要的事例说予诸位知晓吧。

一天，良秀的徒弟（自然还是之前提到的那位）正在调制颜料，师父忽然走过来说："我打算睡午觉，可最近总是做噩梦。"良秀经常说这话，所以，徒弟不以为意，也没停手，只应了句

[①] 又称三叉灯台。在三根树枝的中上方绑扣，下方张开，呈三角形立在地面上，再在绑扣处放一盏油的碟子。

"是吗"。良秀显出一副孤寂之色,客气地提出请求:"所以,在我午睡的这段时间里,请你坐在我旁边。"徒弟觉得奇怪,心想,师父从来没怕过做梦呀。不过,这事容易办到,他便应道:"好的。"良秀依然一副提心吊胆的模样,边叹气边说:"那你马上到里屋来。不管哪个弟子找我,都说我在午睡,别让人进屋。"里屋就是他的画室,不管白天黑夜都门窗紧闭。画室里灯光昏暗,屏风张开,上面只有炭笔勾画出的底稿。徒弟一进屋,良秀就一副精疲力竭的模样,以肘为枕,很快便睡熟。可是,还不到半小时,坐在他旁边的徒弟突然听见他开始说话,声音十分吓人。

八

刚开始,声音模糊不清,很快地,能听清他说的是什么了。听上去像溺水者在呻吟。

"什么?让我跟你走!……去哪儿……要去哪儿?"

"跟我下地狱,到炎热地狱去!"

"……你是谁?这身打扮,你到底是谁?……让我猜猜——"

徒弟调制颜料的手不由得停住了。他惊恐地看着师父,直勾勾地凝视着他。那张脸上满是皱纹,面色煞白,嘴唇皲裂,滚着豆大的汗珠。良秀边喘息边张大嘴,嘴里没剩下几颗牙。他的嘴唇像被提线牵引着似的,一张一合。有个东西像眼珠一样在他嘴里转来转去，仔细一看，那是他的舌头。断断续续的语声就是从这里发出的。

"让我猜猜……哦，原来是你。我想也该是你。什么，来接我？"

"对。走吧！跟我下地狱！你女儿……你女儿在地狱里等着你！"

这时，徒弟好像看到一个朦胧的身影掠过屏风表面，摇摇晃晃地走了下来。不消说，他当时心里充满恐惧，立刻尽力摇晃起良秀的胳膊。可师父仍像魔怔了似的，在说梦话，一副醒不过来的样子。徒弟把心一横，端起身边的笔洗，哗啦一下把水泼在良秀脸上。

"等着你。坐那辆车来。……坐上那辆车，到地狱里来吧！"说完这句后，良秀喉咙里只剩下呻吟声。他总算睁开了眼，像被针扎似的一骨碌爬起身。梦中的妖魔鬼怪似乎还没从他眼前散去，好半天，他只是惊恐地瞪大双眼，张着大嘴，凝视虚空。

最后，他终于回过神来，漠然地说了句"已经完事了，你出去"。徒弟平日被吆喝惯了，这时也不敢违拗，只得匆匆离开师父的房间。再次见到明朗日光时，徒弟松了口气，有种刚从噩梦中醒来的感觉。

这种待遇就算好的了。约莫一个月后，这次，良秀又把另一个徒弟叫到画室里。屋里依然灯光昏暗，良秀咬着画笔，突然转头对徒弟说："麻烦你把衣服全脱光。"师父有命，徒弟哪敢不从？

徒弟飞快地脱下衣服，全身赤裸。良秀神情古怪，毫不客气地说了句"我要观察被铁链捆住的人。不好意思，接下来你得照我说的做"，语气冷冰冰的。这位徒弟年纪轻轻，体格健硕，比起拿画笔，原本更适合握刀。即便如此，还是被这话吓了一跳。许久之后，一谈及此事，他还会反复叨唠"我还以为师父发了疯，要杀了我呢"。良秀看徒弟磨磨蹭蹭的，急得冒火，不知道从哪儿掏出一条细细的铁链，哗啦哗啦地拖着，以飞身扑上的架势把徒弟面朝下压在身下，不由分说就反剪他的双手，把他捆了个结实。接着，握住铁链一端，冷酷地用力一拽。咣当一声，徒弟被他撂倒在地。

九

徒弟简直就像一只倒在地上的酒坛子，手脚扭成一团，能动的唯有脖颈，健硕的身体被铁链缚住，导致血液循环不畅，脸上身上都憋得通红。良秀却若无其事地绕着这酒坛子一样的躯体来回转圈，反复打量，画了很多张相同内容的素描。这期间，被铁链缚住的徒弟身体上有多痛苦，他完全不闻不问。

要不是接下来生出变故，这罪恐怕要受好一阵子。幸运的是（不如说，或许该说成不幸），没过多久，屋内一角的坛子后流出一股黑黑的油状物，蜿蜒前行。刚开始看，像是股黏糊糊软趴趴的液体；渐渐地，这东西缓缓蠕动了起来，最后竟滑动着向前走来，身上闪着光。看着它来到自己鼻尖前，徒弟不禁屏住呼吸，大喊起来："蛇！……有蛇！"他说，那一刻，自己吓得全身血液都要凝固了。这无可非议。再差一点儿，蛇就要缠上铁链，用冷冷的舌尖舔舐他的脖子。就算是最不按常理出牌的良秀，面对意料之外的事，还是会大吃一惊。他赶忙丢下画笔，猛地弯下腰，一把揪住蛇尾，将蛇倒提在手中。倒悬着的蛇支起头，拼命向上翻卷自己的身体，可怎么也够不到良秀的手。

"都怪这畜生，害我出了败笔！"

恨恨地说完后，良秀把蛇扔回角落那儿的坛子里，不情不愿地解开徒弟身上的铁链。解是解了，但对重要的徒弟，他竟没说一句安慰的话。估计在他看来，徒弟被蛇咬不算什么，画上出现一道败笔才叫人生气。——后来听说，这蛇果然是良秀为画素描而特意豢养的。

光听这个事例，您就能大致明白良秀那疯子般的、令人不快的偏执了。最后再说一例。这次遭罪的是位十三四岁的徒弟。他也因为这扇画着地狱变的屏风，险些丢了性命。这徒弟生来就皮肤白皙，像女孩子一样。一天晚上，师父若无其事地喊他过去。他一进屋，就看见良秀坐在灯台旁，掌上托着一块血淋淋的生肉，正在给一只从未见过的鸟喂食。鸟很大，估计跟家猫的个头差不多，且头上伸出两撮毛，像耳朵一样。鸟的眼睛是琥珀色的，又大又圆，也跟猫有些相似之处。

十

　　良秀这个人，原本就讨厌别人多管闲事，干涉自己。好比前面说过的蛇之类的事，好比房间里有什么、自己在做什么，全都对徒弟们三缄其口。因此，他那桌子上，有时放着骷髅，有时堆着银碗或莳绘高脚杯。随着作画内容的不同，意想不到的东西就会出现在桌上。可平时这些东西收在哪儿呢？这就无人知晓了。说良秀得到狐仙的庇佑，或许真是有理有据。

　　那徒弟看见桌上的怪鸟，心中暗想，肯定是用于绘制地狱变的。他走到师父跟前，礼仪周正、恭恭敬敬地说："您有什么吩咐？"良秀充耳不闻，用舌尖舔了舔鲜红的嘴唇，用下巴点了点那鸟："怎么样？这鸟很听话吧？"

　　"这是什么鸟呀？长这么大，我还没见过这个种类呢。"

　　徒弟边说边满心恐惧地打量好似长了一对猫耳的鸟。良秀依旧用充满嘲讽的语调说："怎么，没见过？城市长大的人就是没见识啊。这鸟叫猫头鹰，鞍马那儿的猎人给我的。不过，这么温顺的猫头鹰还真不多见。"

　　说着，他慢慢抬起手。猫头鹰刚吃完食，他自上而下地轻抚猫头鹰背上的羽毛。突然，这鸟发出一声尖叫，忽地从桌上腾空而起，张开利爪，朝徒弟脸上直扑过来。要不是连忙用袖子捂住脸，徒弟脸上肯定要添一两道伤口。徒弟"啊"地大叫一声，挥动衣袖，想要赶走它。猫头鹰气势汹汹地叫着，边叫边再次扑上来——徒弟顾不上这是在师傅跟前，站也不是坐也不是，一会儿轰鸟一会儿护头，没头没脑地在屋子里乱窜。怪鸟也紧追不放，忽高忽低地飞着，瞅准空子，便蓦地朝徒弟的眼珠啄来。每当此时，骇人的振翅声就使人联想到被风横扫的落叶、瀑布的飞沫、可疑的腐烂变质的猿酒等物什，令人反胃。对了，这位徒弟好像也说过，昏暗的油灯灯光像朦胧的月光，师傅的房间则像远山深处笼罩着妖气的山谷，令人毛骨悚然。

然而，徒弟怕的不仅仅是猫头鹰的袭击，更让他汗毛倒竖的是，师父良秀只管冷冷地旁观这场混战。徐徐摊开画纸、舔舐笔尖后，他开始描绘被怪鸟折磨的、如女孩子般娇嫩的少年的惨状。徒弟一眼看见师父的举动，顿时生出一股无法言喻的恐惧感。他说，那个时候，甚至觉得自己可能要死于师父手中。

十一

不能说师父完全没有让自己送命的打算。实际上，当晚特意把徒弟叫到屋里，煽动猫头鹰攻击人，自己好画下抱头鼠窜的徒弟的模样，良秀抱的就是这用意。所以，徒弟看了师父一眼后，立刻情不自禁地双手抱头，发出自己也听不懂的尖叫声，从屋子的一角逃到门口，吓得瘫倒在地，缩成一团。接着，良秀也发出惊慌的叫声，站起身，脸色苍白。忽地，猫头鹰的振翅声比先前更加激烈，中间夹杂着物品倒地、摔碎的巨大响声。徒弟又一次吓得失魂落魄，不禁放开捂着脑袋的双手，抬起头来。只见屋内一片漆黑，灯不知什么时候已熄灭，黑暗中回响着师父焦急呼唤其他徒弟的声音。

终于，一位徒弟远远地应了声，挑着小灯，匆匆赶来。伴着熏人的煤油灯味儿一看，结灯台倒了，地上，榻榻米上，灯油流了一地。刚才那只猫头鹰只扑腾着一边翅膀，痛苦地在地上挣扎。良秀坐在桌前，探出半个身子，竟然在发呆，嘴里嘟囔着别人听不懂的话。——无怪乎他会发愣。猫头鹰身上缠着一条黑蛇，从颈部到一边翅膀，缠得死死的。估计是徒弟缩成一团时碰倒了旁边的坛子，里面的蛇爬将出来。猫头鹰不自量力，想去抓蛇，才造成这般混乱的局面。两个徒弟面面相觑，相对无言，茫然地望了一会儿这不可思议的场面，最后，默默地朝师父行了个礼，悄悄退出房间。蛇跟猫头鹰之后怎样了，谁也不知道。

除这些外，类似事件又发生过好几回。前面说漏了一点，良秀受命绘制地狱变屏风的时节是初秋。直到深冬，良秀的徒弟们始终遭受着师父古怪行径的折磨。但是，那年深冬，良秀在这幅画上遭遇瓶颈。他的表情比过去更加阴郁，说话态度比以前更加粗暴，屏风上的画只完成了八成，便再也进行不下去了。不，看样子，说不定连这八成也要被他全部抹掉，半点不留。

可是，谁也不明白那是怎样的瓶颈，并且，也没人想知道。遭受了种种折磨的徒弟们甚至觉得自己是与虎狼共处一室，个个在心中盘算：尽量不接近师父。

十二

这期间，无甚值得提起的大事。勉强要说的话，就是这位冥顽不灵的老头儿莫名其妙地脆弱起来，时常背着人独自掉眼泪。特别是有一天，一个徒弟有事上院子里去，看见师父呆呆地站在走廊上，眺望着即将冬去春来的天空，眼中噙满泪水。见此情景，徒弟反而不好意思起来，一言未发，悄悄回屋了。为描绘《五趣生死图》，连大街上的死尸都能拿来做素描，这样一个傲慢的人，竟会为无法顺利描绘屏风图而哭得像个孩子，着实令人诧异。

一方面，良秀像这样沉迷于画地狱变，简直不像正常人；另一方面，他女儿也越来越憔悴，连我这样的人，都看得出她是在强忍泪水。她本来就生得一副愁容，肤色白皙，谨言慎行，现在更是睫毛低垂，眼周黝黑，更添一份孤寂之色。起初，大家觉得她要么是思念父亲，要么是害了相思病，这个那个，诸多推测。但后来，开始出现"跟你说，她那样，是因为大公要收她入房，可她不肯就范"这样的说法。打那时起，所有人都像是忘了前情似的，再没人传她的闲话。

那件事就发生在这个当口。有一天，夜已深，我独自漫步在走廊上，那只叫良秀的猴子突然不知从何处跳将出来，一个劲地拽我的裤腿。那是一个雪梅香馥、月色朦胧的温暖夜晚。借着月光细看，只见那猴龇着一口白牙，鼻头拧起，发出尖锐的叫声，眼看就要发狂。我带着三分恐惧，七分恼怒——怒的是新裤子竟被一只猴扯住——最初打算踢开这猴径直走开，可转念一想，有个侍从责骂过这猴，惹得少爷大怒，且看这猴的神情，事态似乎非比寻常。于是，总算下定决心，顺着它拉扯的方向迈了五六步。

拐过走廊一角后，尽管是夜晚，枝条婀娜的松树下，水面在浅白石塘中泛起涟漪的景象还是尽收眼底。就在此时，附近一间屋子里传出互相推搡的声音。那声音慌张、奇特，低低地灌入耳中。四周一片寂静。是月朦胧还是雾朦胧？朦胧中，但闻鱼儿跃起之声，听不到人的交谈声。这时，那个声音响起。我不禁停住脚步，心想，若有贼人潜入府中，我可得大显身手。我悄悄走到门外，屏住呼吸，向前贴去。

十三

那猴嫌我动作缓慢，急得要命，在我脚边转了两三圈后，像有人掐住它脖子般尖叫起来，单足一跃，猛地蹿到我肩膀上。我不禁扭过头去，怕它用爪子抓我的脸。猴紧紧抓住我的衣袖，免得从我身上跌下去。因它这番动作，我不禁跟跄了两三下，后背抵在拉门上。拉门背后，有人在狠命捶门。如此事态，已不容我有任何犹豫。我一把拽开拉门，正打算奔进月光照射不到的深处，此时，出现在我眼前的是——不，不如说，在我开门时，一位女子就像条件反射一般冲出了门外。我大吃一惊。女子差点与我撞个满怀，直接跌了出去。不知为何，她双膝跪地，气喘吁吁地望着我，像见鬼了似的，战战兢兢地抬起头。

　　无须赘述，女子正是良秀的女儿。可那天晚上，这女子仿佛换了个人似的，表情鲜活：大大的眼睛忽闪忽闪的，脸颊绯红，衣衫不整，下摆凌乱，与往日流露出的少女气质截然不同，分外妖冶。这真是那位柔弱的、凡事都表露出矜持气质的良秀之女？我倚在门上，凝望着月光下的美丽女子——此时，一道慌忙远去的足音响起，我指指那方向，静静地看着她，以目示意：那是谁？

　　姑娘咬着嘴唇，默默地摇了摇头，一副懊悔的模样。

　　于是，我蹲下身，凑到姑娘耳边，小声问道："他是谁？"姑娘照旧只是摇头，并不作答。与此同时，长长的睫毛上挂满泪珠，嘴唇咬得更紧了。

　　我天性愚钝，除非事情一目了然，否则，半点也参不透。自然，也不知该如何接话，只得带着侧耳倾听姑娘内心悸动的心情伫立一旁。之所以这样做，是因为继续问下去似乎并不妥，很对不住她。

就这样，不知过了多久，我关上大敞的房门，回头看看姑娘，见她脸上的红晕已差不多退去，便尽量用温和的声调说："回房间去吧。"我心中亦感不安，觉得瞧见了不该瞧之事。带着羞于见人的心情，我悄悄朝来时的方向走去。刚走出不到十步，裤脚又被什么人拽住了。对方在我身后，战战兢兢地阻止我往前走。我惊讶地回过头，您道是谁？

只见小猴良秀蹲在我脚边，像人类一样拱手作揖，恭恭敬敬地朝我鞠躬，不知道鞠了多少次，脖子上的黄金铃响个不住。

十四

那晚之后，大概过了半个月。有一天，良秀突然上府了，一来就请求会见大公。他虽然身份卑微，但平时就有特别恩准加身，所以，常人难见一面的大公今天也爽快地接见了他。良秀还是穿着浅褐色的狩衣，戴顶揉乌帽，带着比平时更加阴郁的神色，恭恭敬敬地匍匐在大公面前，用沙哑的声音说道："先前，您盼咐我在屏风上描绘地狱变。我夜以继日，竭尽全力，总算不负手中画笔，画作基本上已完成。"

"那真是可喜可贺，余亦十分满意。"

然而，不知何故，大公的声音很奇怪，给人提不起劲儿的、随声附和的感觉。

"不，完全不值得庆贺。"良秀看上去有些恼怒。他始终耷拉着眼皮。

"虽说大致已完成，但是，尚有一处画不出。"

"什么？你也有画不出的地方？"

"是。一般说来，非亲眼所见的事物，我是画不出来的。就算画了，也不能感染他人，跟画不出来没什么两样。"

一听这话，大公脸上浮现出嘲讽的神情。

"这么说，画地狱变屏风，就得瞧瞧地狱喽？"

"是。那年遭遇大火时，我亲眼观察过火势，仿佛看见了火光冲天的炎热地狱，所以，能画出《不动明王立体图》中的火焰，也是因为目睹过那场大火。那幅画，您是看过的。"

"可是，地狱里的罪人要怎么画？你不可能见过狱卒吧？"大公对良秀的说明充耳不闻，复又追问。

"我看过被铁链缚住的人，也对着被怪鸟袭击的人做过素描。因此，算得上看过冤魂面对责罚时的痛苦样貌。至于狱卒嘛——"说着，良秀苦笑一声，神色骇人，说道，"至于狱卒，不知道在梦里看过多少次了。这些恶鬼，不是牛头马面就是三头六臂，它们光拍手不出声，光张嘴不说话，几乎每晚都来折磨我。——想画但画不出来的，倒不是这些东西。"

这下子，连大公也惊诧万分了。大公瞪着良秀看了好一会儿，终于极其不悦地挑了挑眉，一脸厌弃地问："你到底要画什么？"

十五

"我想在屏风正中央画一辆自半空中落下的槟榔绒牛车[①]。"说完,良秀第一次抬起头,看着冷面霜眉的大公。早就听说此人一谈起画儿就会变成疯子,此时,他眼中闪现的东西的确非常吓人。

"车中坐着一位美艳的贵妇,冲天火光中,女子黑发散乱,痛苦万分,脸庞被黑烟所笼罩。她紧蹙眉头,在半空之中仰望车篷,双手扯下车帘,可能是想抵御兜头而下的火星。还有,女子周身有猛禽飞舞。十只也好,二十只也罢,全都张开尖喙,呱呱怪叫,群鸟绕着她乱飞。——唉,这牛车上的贵妇人,我实在画不出。"

"那……你打算怎么办?"

大公催问良秀。不知何故,他面露喜色,很是诡异。良秀那鲜红的嘴唇在颤抖,身体也像人发烧时那样抖着。他像说梦话一样重复了一遍"我实在画不出那位贵妇"后,突然一咬牙,大声喊道:"我请求您在我面前点燃一辆槟榔绒牛车!若您办得到——"

大公脸色一沉,突然,大声狂笑起来。他笑得喘不过来气,边笑边说:"好,满足你。一切都照你说的办!什么办得到办不到的,争论这些,毫无意义。"

[①] 贵族常用的车辆。把槟榔叶晒成白色,割成细细的纤维状,用其装饰牛车。

听见大公这么说，我有种不祥的预感，总觉得心里发颤。事实上，大公的神色亦十分可怖。嘴角泛出白沫，太阳穴似有电流窜过，突突跳动，仿佛被良秀那狂乱的姿态所传染，马上也要发疯。说完这句后，大公喉中立刻发出不可抑制的笑声，那声音，像是要摧毁一切。

"就给你烧一辆槟榔绒牛车吧，再安排一位美艳的贵妇坐在里面。没错吧？让火焰和浓烟折磨她，把她烧死在车里——想要描绘这个场面，不愧是天下第一的画家。太厉害了！哎呀，佩服佩服！"

一听大公这样说，良秀的脸色骤然一变。他喘着粗气，嘴唇徒劳地一张一合。最终，他全身瘫软，双手撑在榻榻米上，恭恭敬敬地朝大公行了一礼，用几不可闻的微弱声音说道："感激不尽。"伴着大公那番话，他在心底暗自描绘出的恐怖景象，恐怕已真真切切地浮现在眼前。我这一生中，唯一一次、只在这时，觉得良秀是个可怜人。

十六

两三天之后的一个晚上，大公如约召见良秀，说，我带你去烧槟榔绒牛车的地方，让你就近观看。烧车地点不在身处的堀川府邸，而在一处名为融雪宫的郊外山庄。以前，大公的妹妹就住在这里。

融雪宫常年无人居住，偌大的庭院已是一片荒凉。多半是刻意选择人迹罕至的地方——如此推测，应属妥当。殁于此处的大公妹妹自然也有传说加身，比如此例：据说，只要碰上无月之夜，就会看到身着红袴①、足不沾地的幽灵于廊下行走。这无可非议。即便是白天，融雪宫也是一片死寂，太阳一落，庭院水渠中的水流声格外阴森，飞向星空中的五品夜鹭②也像怪物一样发出瘆人的叫声。

那个漆黑的夜晚，月亮恰好未现身。宫廷油灯的灯影下，大公身穿淡黄色直衣③，下着带深紫色浅花纹的指贯④，高高地盘腿坐在白色带彩边的圆形坐垫上，在走廊上摆开阵势。五六个侍从恭恭敬敬地簇拥着他，这也是常见一景。侍从中有位勇猛强悍的人物，看上去就身手了得。他身上套着腹卷⑤，大刀高擎，威风凛凛地站在走廊下。据说，当年陆奥之战中他曾饿得生食人肉，还能徒手掰下鹿角。——夜风吹拂中，灯火摇曳，所有人都是忽明忽暗，看上去竟如同幻象，透着一股说不出的诡异。

---

① 平安时代宫廷贵族女子的下衣。
② 夜鹭，即鹭鸶，栖息在森林中的夜行性鸟类，边飞边叫，叫声类似乌鸦。《平家物语》第五卷第五节中有一典故，曰，醍醐天皇驾临神泉苑，见一鹭鸶立于池塘边，遂命人去捉。鹭鸶展翅欲飞，天皇呵斥道："此乃朕之圣旨！"鹭鸶立刻伏地就范。天皇大喜，为表此鹭遵聆圣旨，特别加封五品官职。
③ 平安时代天皇、贵族或朝臣的日常装束。
④ 袴的一种，男子搭配直衣穿着的下装。
⑤ 日式铠甲的一种，较轻便，主要用在轻型步兵身上。

除此之外，院中还停着一辆槟榔绒牛车。暗夜重重地朝高高的车顶压下，车上没拴牛，黑色车辕斜斜靠在地面，车子上的金属部分像黄金一样闪闪发光。虽已是春季，看着这些，周身又冷了起来。带浮线绫纹[①]织锦绲边的竹帘将车厢封得严严实实，看不到车厢里到底有什么。车子周围站着一群下人，个个手执松明，小心擎着，防止油烟向走廊方向飘散。

那良秀跪坐在稍远一些的地方，恰好正对着走廊，仍旧穿着那件浅褐色狩衣，戴顶软趴趴的揉乌帽。或许是承受着星空的重压，他显得比平日更加瘦小、更加寒碜。他身后还蜷缩着一个人，同样穿着狩衣戴着乌帽，大概是良秀带过来的徒弟。此二人恰好蜷缩在远处阴影中，从走廊下望过去，狩衣的颜色都已模糊不清。

十七

时间大约接近午夜，黑暗无声地笼罩着庭院，一言不发地窥探着人们的动向。寂静中，只能听见微弱的夜风拂过耳边。每次有风吹过，松明的烟便将煤油的味道送入鼻中。大公半天没说话，一直眺望着这幅奇异的景象。不久后，膝头一动，厉声唤道："良秀！"

良秀似乎应了一声。不过，在我听来，那声音小得像低声哼哼。

[①] 平安时代官廷贵族阶级固定使用的一种图案，常出现在衣装和所用器物上。将圆形看成四等份，每个区域以相同花纹填充，形成以圆心为基准、两两对称的图案。

"良秀，今晚，我就如你所愿，烧辆车给你瞧。"

说着，大公朝左右侍从使了个眼色。这时，身边所有人都看看对方，会心地一笑……不知道是不是我看错了。良秀战战兢兢地抬起头，仰望走廊上坐着的大公，最终却安分下来，什么也没说。

"仔细瞧着。这是我平日乘坐的车子，你认得吧？——现在，我就把这辆车点着，让你亲眼瞧瞧炎热地狱是个什么样。"

大公又一次止住声，朝侍从们递了个眼色，语调突变，阴郁起来："里面坐着被捆的侍女，她是有罪之人。一旦车子被点燃，女子必定被烧得皮开肉绽、尸骨成灰，经受人世间的所有痛苦，一命呜呼。你不是想完成那幅屏风吗？这可是独一无二的、最好的范本。好好看清楚那雪白的肌肤是怎么燃烧的，看清楚那黑发烧成火星、漫天飞舞的景象。"

大公第三次停顿下来。不知道他在想什么，这一次，他耸动着肩膀，无声地笑起来："这可是空前绝后的盛景，余亦在此观摩呢。你们几个，还不掀开帘子，让良秀看看坐在里面的女子！"

闻言，一个侍从单手举起燃烧的松明，举得高高的，快步冲到车前，猛地伸出手，唰地撩开车帘，发出嘈杂的声音。燃烧的松明发出红光，红光摇曳着，登时清晰地映照出狭窄车厢中的一名侍女，她被铁链缚住，形状凄惨——天哪！该不会是看错了吧。这女子身穿带华丽刺绣的樱色唐衣[①]，漆黑明艳的发丝梳成

[①] 平安时代的女性礼服。指十二单最外层再套上的那件短衣。

垂发，斜插着的黄金发簪光彩夺目。装束虽然与平日不同，可娇小玲珑的身体、白皙的脖颈皮肤，还有那沉静稳重的侧脸，不正是良秀的女儿吗！我差点叫出声来。

就在此时，我对面的侍从慌忙起身，一手按住刀柄，狠狠地瞪着良秀。良秀目瞪口呆地望着这一幕，泰半已失魂落魄。刚才他还蜷缩在地上，此刻，他腾地一跃而起，双手伸向前方，不顾一切地冲向牛车。如前所述，良秀的面容隐在远处阴影中，因此，看不清他的表情。可转瞬之间，良秀那失了血色的面容，不，应该说，良秀那好似被看不见的力量一拽而起的身姿便猛地冲破黑暗，鲜明地浮现在我眼前。与此同时，"点火！"随着大公一声令下，姑娘乘坐的槟榔绒牛车便淹没在下人们掷出的松明中，在熊熊大火中燃烧起来。

十八

大火逐渐攀上车顶。车窗遮阳篷上缀着的紫色穗子上下翻腾，车窗中喷出滚滚白烟。车帘、车门两侧、车顶大梁上装饰的金属部分同时炸裂开来，火星漫天飞舞，如雨点般落下——说"壮观"，亦不足以形容。不，更壮观的是，熊熊燃烧的火舌缠住车门两侧的木格子，火光冲天，直上云霄，仿佛落在大地上的一轮红日，又似天火迸发。刚刚还差点叫出声的我如今已魂飞魄散，只是茫然地张着嘴，望着这可怕的景象，别无他法。那么，作为父亲的良秀又如何呢——

良秀当时的神情，我一辈子也忘不了。不顾一切朝牛车奔去的他在大火燃起的同时就停下了脚步，维持着向前伸出双手的姿态，不错眼珠地看着这一幕。他眺望着被浓烟团团围住的牛车，全身上下都沐浴在火光中，那张丑陋的、满是皱纹的脸上，连胡须都根根可见。瞪大的双眼，扭曲的嘴角，阵阵痉挛、抖个不住的脸颊，逐一描绘出良秀心中交替更迭的恐惧、悲伤和惊诧，它们忠实地呈现在他脸上。被斩首的罪人，乃至于被押上十殿阎王面前的、身犯十恶五逆①之罪的罪人都不会面露这样的痛苦神色。看着良秀，那位勇猛强悍的侍从都不禁骇然变色，战战兢兢地仰视大公的表情。

大公紧紧咬住嘴唇，时不时发出令人作呕的笑声，目不转睛地盯着牛车。牛车中——唉，我终究没有勇气详述车中的姑娘到底是什么模样。被烟呛得向后仰去的苍白面容，被火焰拂过的凌乱长发，还有那转眼间便被火烧得不成样的、美丽的樱色唐衣——何等凄惨的景象啊！特别是夜风，每次拂过时，浓烟四散，漫天彻地，红莲上方，火星四溅；每次拂过时，火焰中都会浮现出口衔长发苦苦挣扎、似要挣脱重重铁锁的痛苦身影。看着

---

① 佛教用语。十恶指的是杀、盗、淫、妄语、两舌、恶口、绮语、贪、嗔、痴。五逆指的是杀父、杀母、出佛身血、杀阿罗汉、破和合僧。

这身影，我简直以为地狱业苦已活生生地呈现在眼前。不单我，连那勇猛强悍的侍从，亦不觉间汗毛倒立。

这时，又来了一阵风，呼地吹过庭院树梢——人人都以为那是阵风。正当我以为那声音已消逝在暗夜中时，突然，一个黝黑的东西像皮球一般跃出，既不在地上奔跑，也没有飞向上空，而是径直从屋脊处奔向燃烧的牛车。车门两侧涂有朱漆的木格子已被烧得七零八落，它抱住向后仰去的姑娘，发出撕裂布匹般的刺耳叫声。叫声中带着说不尽的痛苦，穿透层层浓烟，接着，又是第二声、第三声——所有人都禁不住"啊"地叫出了声。在火墙一般的烈焰中抱住姑娘肩头的，正是堀川府邸中豢养的、诨名良秀的小猴。不消说，谁也不明白它到底是怎么知道这地方、怎么偷偷跟来的。只要能跟平日里疼爱自己的姑娘在一起，就算是熊熊烈火，也要一同领受。

十九

可是，小猴的身影不过是一闪而过。金梨子地[①]模样的火星飞舞着，唰地冲上天空，转眼间，猴也好，姑娘也好，都已埋入黑烟深处。庭院中只剩下那辆燃烧的牛车，发出哔哔剥剥的声

[①] 莳绘技巧之一。在漆地表面撒上金银粉末（梨子地粉），涂上清漆并研磨平整，金银粉末便透过透明漆显现出来。因看起来像梨子的表面，故得名。

音,熊熊燃烧着。不,它已经不是一辆着火的牛车,说那是一道气势汹汹的、燃出骇人火焰的冲天火柱恐怕更加合适。

像钉在地上一样站在火柱前的良秀——那个直到刚才还经受地狱般折磨的良秀,如今脸上却浮现出一种无法描述的光辉。布满皱纹的脸上满是心醉神迷的表情,宛如朦胧的法悦①之辉。他好像已忘记此处是大公座前,竟双手抱胸,伫立在当地。总觉得,他眼中映出的已不是女儿被烧的身姿。他看到的,唯有美丽的火焰和痛苦挣扎的女人——这令他生出无限喜悦。

不可思议的是,良秀不单单是在愉快地观看女儿的弥留之际。不知为何,我觉得那时的良秀已非常人。他就像我梦里看到的怒狮,带着一种诡异的庄严感。因此,连那些不经意被火舌触到的、呱呱大叫四散而飞的无名鸟儿,似乎都不愿意接近良秀头上那顶揉乌帽。这恐怕是因为,在不知人世的鸟儿看来,良秀头顶也是佛光高悬,有种不可思议的威严吧。

鸟儿尚且如此,何况我等与众多下人。所有人都屏息静气,身心皆受到震撼,心中充满异样的随喜②之情,目不转睛地瞧着良秀,仿佛看到了开光大佛。熊熊燃烧、响彻上空的火焰和失魂落魄、伫立不住的良秀——这是何等庄严、何等欢喜的景象!此番景象中,只有坐在走廊上的大公脸色发青、面目全非。他口吐

---

① 听闻佛法或是信仰佛法而产生的喜悦之情。
② 佛教用语。因别人的欣喜而欣喜。

白沫，放在膝盖上的两只手紧紧抓住紫色指贯，像缺水的野兽一样呼哧呼哧地喘着粗气……

二十

不知谁把大公当晚在雪融宫焚烧牛车的事传到了府外，为此，大公受到多方谴责。世人第一个疑问就是，大公为什么要烧死良秀的女儿。——最常见的说法是，求而不得的恋心转化成了怨恨。可大公的本意绝非烧车杀人，只是想惩戒在屏风上作画的画师良秀，因为他性情扭曲。我问过大公，此乃大公亲口所言。

此外，良秀也遭人非议，被人说成铁石心肠，说他宁可看着女儿活活烧死在眼前也要画那幅屏风上的画儿。还有人对他破口大骂，称他是只顾画画不顾亲情的疯子，简直人面兽心。那位横川的高僧就是其中一位持此类观点的人，常说些"无论技巧性、艺术性上有多优秀，生而为人却背离五常[1]，就该下地狱"等话。

又过了一月有余，良秀终于带着已完成的地狱变屏风来到府邸，恭恭敬敬地呈上，请大公过目。当时，正巧那位高僧也在场，看了一眼屏风后，竟顿时觉得天地间狂风大作，火光冲天。高僧满脸惊愕。之前还一脸嫌恶地瞪着良秀的高僧不禁一拍大

---

[1] 即仁、义、礼、智、信，指人应该拥有的五种最基本的品格和德行，儒家教义。

腿，道声："画得好！"听见这句话，大公一脸苦笑。那个表情，我至今不曾忘记。

此后，至少在大公府邸中，几乎无人再说良秀的坏话。不管是谁，只要看见这幅屏风，就算平日再怎么讨厌良秀，也会生出一股奇妙的庄严之感，切身体会到炎热地狱的无尽苦难。

然而，此时此刻，良秀已不在人世。因为完成屏风的第二天晚上，他就在自己的屋子里悬梁自尽了。独生女先走一步，想必他也无法再安然独活于这世上。尸体就埋在他家院内的坟冢内。数十年风雨侵蚀后，那块小小的墓碑想必也会模糊不清，长满青苔，分辨不出是谁人之墓了吧。

毛利老师

岁末的一个黄昏，我和一位评论家朋友一道走在俗称小职员大街的林荫道上，在光秃秃的柳树下迈着步，朝神田桥方向走去。下级官吏模样的人在落日余晖中蹒跚前行，走在我们身边。岛崎藤村曾愤慨地批评他们"走路时应该把头再抬高些"。或许他们不约而同地怀有想要排遣却又无法排遣的忧郁心情吧。我俩肩并肩，齐刷刷地加快脚步，直到走过大手町车站前，均未发一言。这时，评论家朋友瞥了一眼冷得哆哆嗦嗦的、在红柱子下等电车的人们，突然打了个寒噤，自言自语地嘟囔："想起毛利老师了。"

"毛利老师是谁？"

"我的中学老师。之前没跟你提起过吗？"

我向下压压帽檐，表示"没有"。以下内容，便是那时朋友边走边跟我谈起的、有关毛利先生的回忆。

这件事大约发生在十多年前。那时,我还在一座府立中学读三年级。教我们班英语的安达老师很年轻,因身患流感并转成急性肺炎,于寒假间去世了。由于事出突然,没有悠哉物色续任教师的时间,无奈之下,学校便从一所私立中学请来一位姓毛利的老先生,委托他接替安达老师,教我们英语。

初次见到毛利老师,是在他走马上任的那个午后。我们这些三年级的学生被迎来新老师的好奇心所驱使,一听见老师的足音回响在走廊中,就以前所未有的架势安安静静地坐好,等着他上课。那足音在终日没有日照的、寒冷的教室外停住,随即,门被拉开了——啊,现在说起来,那时的光景仍历历在目。毛利老师开门进来,予人的第一印象就是个子矮,很容易使人联想起节日里珍奇小屋里出现的蜘蛛男。不过,从这感觉中抹去阴暗色彩的是老师那滑溜溜的秃头。那秃头堪称漂亮。虽然后脑勺处残留着几撮半死不活的斑白头发,但大体说来,与博物课本上画着的鸵鸟蛋别无二致。最后,老师那超乎常人的风采还体现在那件怪异的晨间礼服上。如字面所述,它古意盎然,带着旧色,几乎令人忘却从前曾是黑色的。而且,略脏的翻领下竟郑重其事地系着一条华丽的紫色领带,犹如一只张开翅膀的蛾。由于景象惊人,以至于至今还残留在记忆中。因此,当老师走进教室时,教室中不约而同地爆发出此起彼伏的笑声也就不足为奇了。

抱着课本和点名簿的毛利老师仿佛没看见学生似的，一脸从容地登上高高的讲台，回了我们的敬礼。苍白的、一看就很和善的圆脸上露出亲切的笑容。他尖声喊道："诸君！"

过去三年间，我们从未享受过被中学老师当作"诸君"的待遇，因此，对毛利老师这声"诸君"，我们不禁惊讶地张大眼。同时，我们想，既然已喊出"诸君"，往下势必要就授课方针来个长篇大论，便屏息静气地等着。

然而，说完"诸君"后，毛利老师环顾了一下教室，一时之间，什么也没说。那肌肉松弛的脸上带着从容的微笑，嘴角的肌肉却在神经质地跳动，略像家畜的、兴奋的眼神中始终流露出不安的神情。他抱有某种不好说出口的、对我们有所恳求的想法，且遗憾的是，老师自己也搞不明白那想法到底是什么。

"诸君！"

最终，毛利老师用同样的语气重复了一遍。接着，如恰好抓住这声音的尾巴似的，慌慌张张地添上一句："今后，由我来教诸君这本《英语选读》。"我们愈发好奇，全场鸦雀无声，热切地盯着老师。可毛利老师在说出那句话的同时，又带着恳求的目光环视教室，突然，像松了的弹簧似的，往椅子上一坐，在翻开的英语课本旁摊开点名簿，定睛细看。这番开场白结束得如此突然，我们相当失望。或者不如说，是期待太盛，反倒搞得自己傻兮兮的。这番心情，也不用我多讲了吧。

幸运的是，还没等我们笑出声，老师那好似家畜般的眼睛便从点名簿上抬起。他立刻点了班上一个同学的名字，还加了敬称。不消说，意思是让对方立刻起立，边读边译。那位同学站起来，带着东京中学生特有的伶俐口齿读译了《鲁滨逊漂流记》中的一节。毛利老师不时用手摸着紫色领带，误译自不必说，连细微之处的发音都逐一加以纠正。他的发音有些做作，但大体是正确的、清晰的。老师心里似乎也对自己这点颇为得意。

然而，那位同学坐下后，老师一开始读译那段，教室里又发出此起彼伏的笑声。因为老师的发音虽然惟妙惟肖，可一开始读译，日语词汇量却少得让人觉得他不是日本人。要么就是，他知道，但无法当场快速反应过来。好比说，只译一行，也会变成这样："鲁滨逊·克鲁索终于决定饲养动物。养什么呢？就是那个，那种奇异的动物……动物园里多得很……叫什么来着……唔，经常表演节目的……呐，诸君知道吧？就是，脸红红的……什么？猴？对对，就是猴。决定饲养猴。"

不消说，连猴都能解释成这样，遇到再复杂些的语句，不费劲兜上几个圈子，就很难觅到恰当的措辞。且毛利老师每次都搞得十分狼狈，他一边满脸迷茫地抬起头、慌慌张张地瞥向我们，一边频频把手伸向领口，频繁到我们会想：他会不会把那条紫色领带扯坏？刚想到这儿，他又用双手抱住那颗秃头，把脸深深地埋在桌子上，一副颜面尽失、走投无路的模样。彼时，老师那平日里本就矮小的身体便犹如泄了气的气球，窝囊地缩成一团，令人觉得，从椅子上耷拉下来的两只脚都像悬在半空中一样，飘飘忽忽的。学生们觉得有趣，咔咔窃笑起来。接着，老师又反复读译了两三遍。这期间，笑声越发肆无忌惮，终于，连最前排的学生也公然放声大笑。我们的笑声，对善良的毛利老师产生了多大的伤害啊——如今回想起那片刻薄的笑声，仍不禁无数次地想要捂住耳朵。

尽管如此，毛利老师还是勇敢地读译着，直到课间休息的号音响起为止。终于，读完最后一节后，他又回到最初那种一派从容的态度上，边答我们的敬礼边从容地走出教室，仿佛全然不记得刚才那番凄惨的苦战恶斗。暴风雨般的哄堂大笑声在他身后响起，有人故意乒乒乓乓掀开又关上桌子盖，还有人跳上讲台模仿毛利老师的讲课姿态和声调——唉，连戴着班长徽章的我，也在五六个同学的簇拥下扬扬自得地指点起老师的错译之处。这件事，我怎能忘记！那果真是错译吗？其实，当时我自己也不确定那究竟是不是错译，那不过是毫无根据地逞强罢了。

三四天后，某次午休时，我们五六个人身穿毛料哔叽制服，聚在器械操场的沙坑旁。我们七嘴八舌地聊着不久后就要到来的年级测验等话题，冬日的暖阳照在后背上。这时，一直跟同学们一起吊在单杠上的、体重十八贯[1]的丹波老师大喊一声"一、二!"然后跳进沙坑里。他只穿一件背心,戴着运动帽,来到我们中间,问道:"怎么样啊,新来的毛利老师?"丹波老师也教我们年级英语,但他以爱好运动而出名,且长于吟诗,因此,在讨厌英语的柔道和剑道选手等风云人物中似乎颇有名望。给老师这么一问,风云人物之一边摆弄棒球手套边用与外表不符的腼腆态度答道:"嗯,不太行……怎么说呢,大家好像都说他教得不好。"

丹波老师用手帕掸着裤子上的沙粒,得意地笑了:"连你都不如?"

"当然比我强。"

"那你还抱怨什么。"

风云人物用戴着棒球手套的手挠挠头,怯懦地闭了嘴。

"可是,老师,大部分同学都想报考专科学校,所以,还是想请更好的老师来教我们。"这回,说话的是本年级的英语秀才。他推了推高度近视镜,用与年龄不符的口气辩驳道。

然而,丹波老师依旧朗声大笑:"嗨,就一个学期嘛,谁教都一样。"

"那,毛利老师教完这学期后,就不教了?"

---

[1] 1贯等于3.75千克。

这个问题似乎轻轻击中了丹波老师的要害。精于世故的老师没有正面作答。他摘下运动帽，猛地掸了掸平头上的灰尘，突然环视了一下我们，巧妙地将话题带开："毛利老师跟我们可不一样啊，他是个相当守旧的人。今早，我刚上电车，就看见他坐在车厢正中央。可快到换乘地时，他又高声喊：'售票员！售票员！'我觉得又好笑又尴尬。总之，他与众不同，怪得很，这错不了。"

就算没有丹波老师这番话，毛利老师身上也带着很多令人惊讶的相似话题，多到绰绰有余的地步。

"还有，听说毛利老师每逢下雨天都要身穿西装脚蹬木屐来学校。"

"一直当嘟在毛利老师腰上的白手绢包儿，里面八成是盒饭吧？"

"毛利老师在电车上抓着吊环时，听说有人看见他那毛线手套上满是窟窿。"

我们把丹波老师围在中间，喋喋不休地叨唠这些蠢得要命的事，声音一浪高过一浪。大概是被我们勾起了兴致，丹波老师用指尖转着运动帽，不禁语声欢快，冲口而出："还有比这更蠢的呢。他那帽子可真是个老古董——"就在此时，不知怎的，个头矮小的毛利老师刚好出现在机械操场对面的二层教学楼大门口，离我们只有十几步远。他戴着那顶古董圆顶礼帽，煞有介事地按着那条每天都系着的紫色领带，步态不慌不忙。楼门口有六七个学生，像孩子似的，正在玩人骑马之类的游戏，大概是一年级的。一看见老师，他们个个争先恐后、恭恭敬敬地给老师敬礼。毛利老师站在楼门口的台阶上，沐浴在阳光中，似乎也在笑着冲他们脱帽致意。看见这番景象，我们到底还是有种羞愧感，半天没出声，哄笑声也停住了。其中，大概只有丹波老师羞愧、狼狈到了极点。于是，他缄口不言，吐了吐舌头——刚刚嘴里还说着"他那帽子可真是个老古董"呢。他飞快地戴上运动帽，突然一个转身，边大喊一声"一——"边晃动穿着背心的肥胖身躯，猛地蹿到单杠上；接着，来了个"虾式反上杠"，两腿往上伸直，等喊出"二——"时，便灵巧地划过冬日晴空，快活地支在单杠上了。不消说，丹波老师这套可笑的遮羞动作逗得大家一同爆笑出声。器械操场上的学生忽地安静下来，抬头看着单杠上的丹波老师，又哇的一声炸开，像声援棒球比赛似的，开始鼓掌喝彩。

  我自然也和众人一道喝了彩。然而，喝彩的过程中，我憎恨起单杠上的丹波老师——半分出于本能。话虽如此，倒也不意味着我对毛利老师起了同情之心。证据就是，彼时的我为丹波老师鼓掌，同时，这一动作也蕴含"向毛利老师展示大家的恶意"这一间接目的。现在回过头剖析当时的心理，或许可以这样解释：那时的我既在道德上蔑视丹波老师，又在能力上瞧不起毛利老师。换句话说，可以这么认为：有丹波老师那句"他那帽子可真是个老古董"撑腰，我便像有了依据一般，对毛利老师的蔑视越发理所当然，态度越发放肆。所以，我边喝彩边耸肩回头，一脸得意地朝教学楼入口处张望。只见我们的毛利老师依旧静静地伫立在台阶上，聚精会神地独自从旁观看一年级学生天真无邪地嬉戏，像一只贪求冬日阳光的冬蝇。那圆顶礼帽、那紫色领带、那一瞥中定格的画面——毋宁说，在当时，它们都是我嘲笑的对象——为何至今想来仍无法忘怀呢……

毛利老师在就任当天因衣着和能力而被我们轻视，再经丹波老师那么一闹，终于，整个年级都轻视起毛利老师。随后，还不到一个星期，某天早上，又发生了一件事。前一天夜里雪下个不停，窗外，室内体育馆伸出的房檐上已堆满积雪，瓦片本来的颜色都已看不见。教室里的暖炉却烧得正旺，吐着红舌，落在玻璃窗上的积雪还来不及折射出淡淡的青光，便融化了。毛利老师把椅子安放在暖炉前，照例扯着尖嗓子，热情地讲解《英语选读》中的《生之赞歌》[①]。不消说，没有一个人认真听讲。非但没人听，我邻座的一位柔道选手还在课本下摊开《武侠世界》，一直沉浸在押川春浪的冒险小说中。

大概讲了二三十分钟后，毛利老师突然从椅子上起身，就着正在讲的朗费罗的诗歌大谈人生话题。中心思想是什么我已经记不清了，但依稀记得谈的应该不是对诗歌的评价，而是自身的生

[①] 原文为 *A Psalm of Life*，19世纪美国诗人亨利·沃兹沃斯·朗费罗的著名抒情诗之一。

活感悟。因为老师像羽毛被连根拔起的鸟一样不停地上下挥动双手，用急促的语调说了这样一段类似抱怨的话："诸君，你们还不明白什么是人生，是吧。就算想弄明白，也弄不明白。正因如此，诸君，你们才是幸福的。我们这些过来人已经明白了。虽然明白，苦恼的事也多，是吧。苦恼的事也多。就拿我来说，我有两个孩子。你看，得送他们上学。一上学……唔……一上学……学费？对对，就得交学费，是吧。所以，苦恼的事也多……"竟对不谙世事的中学生诉说起生活的艰难——抑或并不打算诉苦却仍诉了苦——我们当然无法理解老师的心情。何况在我们看来，诉苦这一举动只会让人觉得可笑。在他诉说的过程中，我们又不约而同地窃笑起来。只是，笑声并没有转成平日里那种哄堂大笑，大概是因为老师那褴褛的衣衫和尖声说话的神态正如苦难生活的化身，令我们起了几分同情之心吧。笑声虽未变大，然而，没过多久，邻座的柔道选手突然丢开《武侠世界》，气势汹汹地站起身。他是要发言吗？我正纳闷，就听他说："老师，我们是为了跟您学英语才来上课的。您要是不教英语，我就没必要坐在这个教室里。如果您还要讲这些话题，我就立刻到操场上去。"

说完，这位学生拼命绷着脸，又气势非凡地坐下了。彼时，我从未见过谁的表情能像毛利老师那样尴尬。老师仿佛被雷劈了一样，张口结舌地呆立在暖炉旁，看着那位彪悍的同学，足足盯了一两分钟。终于，那双家畜般的眼中闪过一丝恳求什么的情绪。他突然用手正了正那条紫色领带，带着即将哭出来的表情微笑着俯首认错，连续低了两三次秃头，数次重复同样的话语："唉，是我不好。我有错，我郑重道歉。的确，诸君是为了学习英语才来教室里坐着。不教诸位英语，是我不好。我有错，我郑重道歉。好吗？我郑重道歉。"暖炉中的红色火光斜斜映照在他身上，上衣肩部和腰部的磨损部分看得更加真切了。每次低头时，老师的秃头就染上一层好看的赤铜色，愈发像鸵鸟蛋。

然而，当时的我只把这可怜的景象看成老师白白暴露出了低等教师的本质，认为毛利老师甚至想通过讨好学生来规避失业的风险，所以，老师来教学生，只是为了谋生，他对教育本身没有任何兴趣——模模糊糊如此恣意批评老师的我，不仅看不起老师的衣着和能力，还带着轻蔑老师人格的意思，用《英语选读》垫着肘部，以手支颐，数次冲站在熊熊火光的暖炉前的、精神和肉体都在承受火刑的老师发出得意忘形的笑声。当然，并非我一人这样做。老师脸色大变向我们谢罪时，亲自上阵驳倒老师的那位柔道选手扭头瞥了我一眼，狡黠地一笑，立刻重新研究起压在课本下的押川春浪的冒险小说。

那之后，直到课间休息的号声响起，我们的毛利老师还在拼命读译朗费罗的优美诗歌——比平日更加语无伦次地。"Life is real, life is earnest."[①]——老师的圆脸上毫无血色，汗出如浆，带

---

① 意为"人生真实，人生诚挚"。

着不停恳求某种不为人知的东西的神色。尖细的朗读声仿佛卡在喉咙里,至今还回响在我的耳边。那尖细的声音中潜藏着几百万人的哀号,刺激着我们的耳膜,意义实在深刻。所以,那段时间里,我们只觉得不胜其烦。除我之外,亦有不少人明目张胆地发出呵欠声。可是,矮小的毛利老师笔直地站在暖炉旁,全然不理会玻璃窗外翻飞的雪花,像脑中的发条一下子坏了似的,不停地挥动课本,声嘶力竭地叫着:"Life is real, life is earnest. ——Life is real, life is earnest."

因为发生过这些事,一个学期的雇佣时间过去后,未再见到毛利老师时,我们只顾着开心,毫无惋惜之情。不,或许可以说,是对老师的离去反应冷淡,冷淡到甚至没有表现出那种开心。特别是我,对老师全无感情,在之后的七八年里,从中学升到高中,从高中升到大学,随着渐渐长大成人,几乎已把老师本人忘得一干二净。

就这样,大学毕业那年秋天的一个雨后夜晚——虽说是秋天,可太阳一落山后,空气中便像十二月上旬那样常常泛起浓雾,道路两旁的柳树和法国梧桐早就齐齐披上一身黄叶——我在神田一家旧书店里耐心地淘来淘去,最后,买到两本一战爆发后便急剧减少的德语书。我竖起大衣领口,以抵御晚秋夜晚阵阵袭来的清冷空气。不经意走过中西屋书店前时,不知怎的,突然眷恋起热热闹闹的人声和热乎乎的饮料，便若无其事地独自迈进书店里的咖啡馆。

可是，进屋一看，狭小的咖啡馆里空空荡荡，一个顾客也没有。唯有并排陈列的大理石桌面上摆着的镀金糖罐反射出冰冷的电灯灯光。仿佛上当了似的，我带着寂寞的心情走到一张桌前坐下，桌旁的墙上嵌着镜子。接着，我跟上前服务的服务生要了咖啡，像想起什么似的，掏出烟卷，划了好几根火柴才点着。很快，热气腾腾的咖啡就出现在我桌子上。然而，阴沉的心情像门外弥漫的暮霭一样，无法轻易散去。刚刚在旧书店买来的哲学书字体很小，就算是著名的论文，在这种地方读上一页也是种煎熬。我只得作罢，把头靠在椅背上，交替品尝着巴西咖啡跟哈瓦那雪茄，漫不经心地转动视线，有一搭无一搭地打量着眼前的镜子。

镜中首先映出的是通往二楼的楼梯侧面，接着是对面的墙壁、涂成白色的门、贴在墙上的音乐会海报。这些东西像舞台的一部分，明明白白地透出一股寒意。除此之外，还能看到大理石桌面、一大盆针叶树、从屋顶垂下的电灯、大型陶瓷瓦斯暖炉，以及三四个一直围拢在暖炉前聊着什么的店员。接着，我顺次审视镜中的物事，眼神落回围拢在暖炉前的店员身上。有位顾客被她们夹在中间。看见那位坐在桌前的顾客，我吃了一惊。刚才一直没认出他是谁，恐怕是因为他被人团团围住，我便下意识地认定他是咖啡馆的厨师之类吧。然而,我感到惊讶,并不仅仅因为"原以为没人的咖啡馆中竟有顾客";更让人惊讶的是,尽管从我的角度看过去只能看到一点点侧脸,可一望即知,那位秃头有如鸵鸟蛋的、身着古意盎然的晨间礼服的、永远系条紫色领带的镜中顾客,正是我们的毛利老师。

看见老师时,与老师阔别的七八年岁月顿时浮现在脑海中。学习《英语选读》的中学班长和如今在此处静静吸着香烟的自己——对我来说,这段岁月,绝非短暂。然而,带走一切的"时光"洪流,竟无法撼动毛利老师一丝一毫,他已超越时代。如今,在这夜晚的咖啡馆中,坐在桌前的老师依旧是往昔那个在连夕阳都照射不到的教室里教授课文的老师。秃头未变,紫色领带也是老样子,还有那尖细的声音……说起来,老师此刻不也是扯着尖细的嗓子、忙着给店员们讲解什么吗?我不禁露出微笑,不觉间忘记了低沉的情绪,凝神倾听老师说话。

"瞧,这里有个形容词,它管着这个名词。是吧?拿破仑是人名,所以,这个词叫名词。懂了吗?然后,看这个名词,它后面紧跟着——后面紧跟着的是什么?知道吗?嗯?你说说?"

"关系……关系名词。"

一个店员结结巴巴地回答。

"什么?关系名词?没有关系名词这种说法。关系……呃……关系代词?对对,是关系代词。它是代词,所以,瞧,便可以代替拿破仑这个名词。是吧。代词就是代替名词的意思啊。"

从对话来看，毛利老师似乎在教店员们英语。于是，我挪了挪椅子，从另一个角度窥探镜内，果然看见桌子上摊着一本教材模样的书。毛利老师频频用手指叩那一页，不厌其烦地讲解着。在这点上，老师一如往昔。只是，围着他的店员和那时候的学生们截然不同，她们挤在一起，个个聚精会神，目光炯炯，乖乖地倾听老师那慌里慌张的讲解。

眺望镜中光景的这段时间里，我对毛利老师产生出一种温情。干脆坐过去，跟老师叙叙旧吧。可是，只有短短一个学期，只在教室里打过照面，老师多半不记得我。就算记得……我猛然回想起当时我们对老师发出的充满恶意的笑声，便改了主意，心想，还是不报姓名，向老师遥致敬意的好。这时，咖啡刚好喝完，我扔下烟头，悄然起身。虽然打算轻手轻脚，还是扰乱了老师的注意力。我刚一离开座位，老师那毫无血色的圆脸、那略脏的翻领、那紫色领带，便一起朝这边转过来。就在此时，刹那间，老师那家畜般的双眼和我的眼睛在镜中对上了。正如方才所料想的那样，老师的目光中果然没有浮现出遇到故人的意思，眼中闪着的，只是过去那种像在恳求什么的、令人心酸的目光。

我垂下眼睑，从店员手中接过账单，默默地走到咖啡馆入口处的柜台去结账。跟我熟识的、头发梳得很漂亮的店员领班百无聊赖地等在那里。

"那边有人在教英语啊。是咖啡馆请来的?"我边交款边问。

"哪里,我们没请。不过是每晚随便一教。听说是个不开化的英语老师,哪里都不愿意聘用他,大概是来消磨时间的吧。点杯咖啡就能坐一个晚上,我们也不怎么欢迎他。"

听见这话,我脑中立刻浮现出毛利老师那不知道在恳求什么的眼神。啊,毛利老师!我仿佛恍然大悟——领悟到老师那坚强的人品是多么可贵。若有"天生的教育家"这一说法,老师无疑就是这种人。对老师来说,"教授英语"和"呼吸空气"总是如影随形,无法停止,一刻也不能。硬是阻拦,老师那旺盛的活力便会立刻枯竭,如同失去水分的植物。被教授英语的兴趣所驱使,所以,老师才特意独自来到这家咖啡馆品尝咖啡。这绝非店员领班所言之"以消磨时间为目的,是一种悠闲的消遣"。况且我们还曾怀疑过老师的诚意,讥笑他是为了谋生。现在看来,大错特错。我打心眼里感到惭愧。可以想见,被世间庸俗地理解成"过着消磨时间的生活",我们的毛利老师不知受了多少苦。过去,在这种苦难中,老师仍坚持以从容的态度示人,系着那条紫色领带,头戴那顶圆顶礼帽,比堂吉诃德更加勇敢,毫不退缩地读译着英语。然而,老师眼中仍时不时闪现出令人心酸的目光,那是向听他讲课的学生们——恐怕也是向老师所直面的整个社会乞求同情的目光,不是吗?

这些思绪刹那间滚过心头,我被感动得竟不知是该哭还是该笑。我用大衣领口挡住脸，匆匆走出咖啡馆。身后的毛利老师坐在亮得刺眼且冷冰冰的灯光下，趁着没顾客，依旧扯着那副尖细的嗓子，热情地为店员们教授英语。

"代替名词来使用，所以叫代词。是吧？代词。懂了吗……"

秋山图

"……说起黄大痴①,您可曾见过大痴那幅《秋山图》?"

一个秋夜,王石谷到访瓯香阁,与阁主恽南田品茗叙话,趁此机会,问起这话。

"不,没见过。您见过吗?"

大痴老人黄公望乃元朝画中奇才,与梅道人和黄鹤山樵齐名。恽南田边说边忆,过去见过的《沙碛图》和《富春卷》仿佛就在眼前。

"嗨,到底算不算见过呢。奇事一桩啊……"

"不确定见没见过?"恽南田一脸诧异地看着王石谷,"难道您见的是摹本?"

---

① 元代文人画家,元末四大家之一,幼名陆坚,字子久,号大痴,别号一峰。

"不，倒不是摹本，确然是真迹，且所见之人非我一个——关于这幅《秋山图》，烟客先生王时敏和廉州先生王鉴都与此画有过一段因缘。"

王石谷又啜了口茶，意味深长地笑了。

"若是不嫌啰唆，我就讲讲？"

"请请。"

恽南田将铜制灯台上的油芯挑亮，殷勤地催促客人。

那是元宰先生董其昌还在世时的事。有一年秋天，先生正与烟客翁论画，忽然问其是否见过黄一峰的《秋山图》。您知道，烟客翁在画事上一向尊大痴为师。因此，不妨说，大痴的画，但凡留存于世，他都已看尽。可唯独那幅《秋山图》，总是无缘得见。

"没有。别说瞧了，这幅图，我连听都没听过。"

烟客翁如此答道。不知怎的，脸上似有一股愧意。

"若有机缘，请务必赏光一品。与《夏山图》和《浮岚图》相比，这幅更加出色。依我之见，说不定是大痴老人所有画作中的巅峰之笔。"

"竟有如此杰作？那非瞧不可。此画在何人手上？"

"润州张氏所藏。去金山寺时，可登门求见。我给您写封荐书。"

烟客翁得了先生的手简后，当即收拾行装，准备动身前往润州。张氏既然藏有这等绝妙好画，此一登门，除黄一峰外，必定还能见到许多历代墨宝——想到这里，身处西园书房的烟客翁已急不可耐，一刻也不能等下去了。

然而，到润州一看，诚然，令人期待的张氏宅邸占地广阔，景色却是一派荒凉。门外院墙上爬满蔓藤，门前菜畦中生满野草，豢养其中的鸡跟鸭颇为稀奇地眺望着来客。见此情景，也难怪烟客翁一时间对元宰先生的话产生疑问，心想，此等人家，当真藏有大痴名画？不过，既已费心寻来，不打声招呼便打道回府，自然不是他的初衷。于是，他向出门迎客的小厮说明来意，称抱定一睹黄一峰《秋山图》之风采的决心，远道而来，并送上思白先生的荐书。

不多时，烟客翁被让进客厅。厅里摆着的紫檀座椅倒也干净，只是，透着一股冷冷清清的灰尘味儿——甚至可说，连青砖地面上也带有一股荒凉之气。幸而出来迎客的主人虽一脸病弱，倒不像是坏人。莫如说，从苍白的脸色和纤巧的手部动作来看，此人带有一股高贵气质。寒暄过后，烟客翁立刻请求拜见大师黄一峰之名画。据他说，不知怎的，当时像鬼迷心窍一般，觉得若不立刻看画，那画似乎就要烟消云散。

主人当即应承。客厅光秃秃的墙面上正挂着一幅卷轴。

"这就是您心心念念的《秋山图》。"

烟客翁瞧了一眼,不禁发出惊叹声。

那是幅设色[1]青绿山水。溪水蜿蜒流下,村户人家与小桥点缀其中。这些背后,一脉主峰拔地而起。半山腰上,浓淡不一的蛤粉描绘出悠悠秋云,层次分明。高房山[2]式横点叠加渲染出好似新雨刚霁后的山峰,山峦含黛,映衬出点点朱砂所描绘出的、片片丛林中的红叶。这番景色,美得无法用言语来形容。这幅画看上去华丽多彩,实则布局宏伟,深不可测,笔墨浑厚——绚烂的色彩中仿佛自然流淌着空灵淡泊的古韵。

烟客翁像是看入了神,直勾勾地盯着这幅画。越看越觉得此画精妙。

"如何?还中意吗?"

主人面带微笑,从旁观色。

"神品!元宰先生对此画赞不绝口,虽有夸大之嫌,却并未言过其实。迄今为止所见之名画,与此画一比,通通落马。"

说话这工夫,烟客翁还是不错眼珠地盯着《秋山图》。

"真的?此画当真是如此杰作?"

烟客翁不禁吃了一惊,转向主人。

---

[1] 设色,运用色彩效果,表达物象的情境变化和韵味。设色画,用熟宣或绢作画,用水彩着色。山水设色大体可分水墨淡彩、浅绛、青绿、金碧、没骨等几种。青绿山水指用矿物质石青、石绿作为主色的山水画。

[2] 元代画家高克恭,字彦敬,号房山道人,今北京房山人。绘画早期曾借鉴米氏云山的画法,米氏横点又称"落茄点"。

"您为何抱有怀疑？"

"不，倒不是怀疑，实际上……"

主人一脸困惑，像未经人事的少女般脸红起来。随后，露出寂寞的笑容，怯生生地望着墙壁上的名画，接道："实际上，每次瞧这幅画时，我都有种睁眼做白日梦的感觉。此图的确美。但这美，是不是只我一人得见？除我之外，他人会不会觉得它是一幅平庸之作？——不知为何，这疑问始终困扰着我。是我疑心病重，还是此画于世人而言太过美妙，我不知道。总之，我心情微妙。所以，即便得您赞赏，亦追问了一句。"

不过，当时的烟客翁并未特别留意主人这番辩解。并非仅因看画看入了迷，烟客翁还认为，主人想掩饰自己在鉴别书画上是个外行，才胡言乱语，怀疑他人。

少顷，烟客翁起身告辞，离开了荒院一般的张宅。

然而，他怎么也无法忘记那幅令人精神为之一振的《秋山图》。对继承大痴衣钵的烟客翁来说，就算舍弃一切，也要把这幅画弄到手。况烟客翁是收藏家，据说，家藏墨宝中那幅李营丘的《山阴泛雪图》，花了二十镒[①]才求得，可跟《秋山图》的神韵趣旨一比，也不免相形见绌。因此，身为收藏家的烟客翁一看

[①] 古代贵金属计量单位，依朝代不同，换算数值也不同。《史记》注曰：秦以一镒为一金，汉以一斤为一金。一说周、汉两代以384克等同于一镒。另有说法认为，一镒可以笼统看成20两，也可以看成24两或30两。诸说纷纭。

到黄一峰这幅稀世之作，便志在必得。

于是，逗留润州期间，烟客翁数次打发人到张宅，希望对方出让那幅《秋山图》。张氏却无论如何也不答应。据说，游说之人还未落座、尚立在当地时，那位脸色苍白的主人便说："先生如此中意此画，我乐于借出。但是，出让一事，恕难从命。"心高气傲的烟客翁听罢，心中多少有些不快。哼，现在不找你借，以后也能弄到手。——烟客翁如此盘算着，最终放弃了《秋山图》，离开了润州。

大约一年后，烟客翁再行润州，到访张宅。来到一看，墙上爬满的蔓藤和院中生满的野草丝毫未变。只是，据迎客小厮说，主人不在家。烟客翁说，不见主人也行，只求再看一眼《秋山图》。可不管怎么求，小厮硬是以主人不在家做挡箭牌，死活不让进屋，最后竟把大门一关，再不搭理。烟客翁无可奈何，只得挂念着那幅不知藏在荒宅何处的名画，怅然离去。

后来，再见元宰先生时，先生告诉烟客翁，张氏家中不仅有大痴的《秋山图》，还藏有沈石田的《雨夜止宿图》和《自寿图》等杰作。

"上次忘了告诉你。这两幅同《秋山图》一样，均可谓画坛奇作。我再写封荐书，您务必去看一看。"

烟客翁当即差人赶往张宅。去的人除了出示元宰先生的荐书，还送上一笔求购名画的巨款。然而，张氏态度如前，无论如何也不肯出让黄一峰这幅画。烟客翁别无他法,这才断了对《秋山图》的念想。

说到此处,王石谷顿了顿。

"这就是我从烟客先生那里听来的说法。"

"这么说,只有烟客先生见过《秋山图》?"

恽南田边抚须边一脸狐疑地看着王石谷。

"先生说他见过。可是不是真见过,就无人晓得了。"

"可照方才所言——"

"别急,听我继续讲。也许,等我讲完,您另有高见。"

这次,王石谷连茶都未啜一口,继续娓娓道来。

烟客翁与我提起此事,距他初次见《秋山图》,已过五十载岁月。当年的元宰先生业已作古,张宅也在不觉间三次易主。如今,那幅《秋山图》藏于谁手,不,连龟玉①是否已毁,我等亦无从知晓。烟客翁活灵活现地描述着《秋山图》的神妙之处,如画在眼前一般。说完,他不无遗憾地说:"黄一峰这幅画,好比公孙大娘②的剑。下笔有墨,却不着痕迹。唯有一股莫可名状的灵气,直逼心头……真个是'但见飞龙傲天貌,不见人剑合一形'。"

---

① 龟,占卜用的龟甲;玉,祭祀用的玉器。这里用龟玉来比喻《秋山图》。
② 开元盛世时的唐宫第一舞人,善舞剑。诗圣杜甫有诗《观公孙大娘弟子舞剑器行》一首,写的就是她舞剑时的英姿。

一个多月后,春风乍起之时近在眼前,我告诉烟客翁,要独自南下一游。他说:"趁此良机,打听一下《秋山图》的下落吧!若能再度出世,实乃画坛幸事。"

我当然也这么希望,当即请烟客翁修书一封。可一路游历,待去之处甚多,无暇到访润州张宅。直到子规[①]啼鸣,我都没去探寻《秋山图》的下落,那封信还在我袖中揣着。

后来,忽闻《秋山图》落入贵戚王氏手中。说起来,游历途中,我曾将烟客翁的荐书示人,其中,就有人认识王氏。王氏大约也是从那人处知晓《秋山图》曾藏于张宅。据坊间传闻,张氏之孙一见王氏派来的人,立刻拿出大痴那幅《秋山图》,并传家彝鼎[②]法书[③]等物,一并献上。王氏大喜过望,尊张氏之孙为上宾,唤出姬妾,奏乐助兴,盛宴款待,赠以千金。我雀跃不已。历经五十载沧桑,《秋山图》到底安然无恙,且落入相识的王氏手中。过去,像被鬼神戏弄一般,烟客翁想再看一眼此画,为此煞费苦心,终以失败告终。可如今,王氏不费吹灰之力,便使这幅画如海市蜃楼一般横空出世。只能说,一切自有天定。我火速赶往金阊王氏府邸,去拜见《秋山图》。

至今仍清楚地记得,那是一个无风的初夏午后。王宅院内

---

① 子规,杜鹃的别名。子规啼鸣在古诗词中常带有催促他乡游子快快回家的意象。
② 泛指古代祭祀用的鼎、尊等礼器。
③ 书写于缣楮纸帛而有法度规范的书法作品均可称"法书""法帖",或简称"书",含有尊敬作者之意。

的牡丹探出玉栏，正在怒放。一见王氏，不等拱完手，我先笑起来。

"《秋山图》已是贵府之物。烟客先生曾为此画吃尽苦头，这回可以放心了。如此想来，实在快慰。"

王氏亦面带得意。"烟客先生和廉州先生今日也要赶来。不过，先到先得，先给你看吧。"

王氏马上命人把那幅《秋山图》挂在一旁墙壁上。红叶村舍坐落于溪边，团团白云笼罩住山谷，还有，青峰如屏，数度起伏，时远时近……转眼间，这幅比天地更加灵秀的、大痴老人创造的小天地便展现在我眼前。我心里怦怦直跳，不错眼珠地盯着墙上这幅画。

这云、烟、丘、壑，毫无疑问，的确出自黄一峰手笔。将皴法[①]发挥到这个地步，且用墨之妙——妙到设色如此层次分明又不会压下笔锋——除痴翁外，不做他人想。然而……然而这幅《秋山图》与往日烟客翁在张宅中所见那幅并非出自同一人之手。这幅《秋山图》，怕是最末等的黄一峰所画。

以王氏为首，围在身边的在场门客都在观望我的神色。我小心翼翼，尽量不表露出一丝一毫的失望之色。然而，不管怎么努力，大概还是流露出一丝不屑的神情。王氏滞了一滞，惴惴地

[①] 中国画表现技法之一，是表现山石、峰峦和树身表皮的脉络纹理的画法，突出所画之物的立体感。

问:"如何?"

我立刻接道:"神品!如此神妙,难怪烟客先生会为之倾倒。"

王氏脸色稍稍缓和了些,但是,对我的赞赏,王氏眉眼间依然流露出些许不满。

这时,向我描述过《秋山图》神韵趣旨的烟客先生恰好到场。烟客翁与王氏寒暄时,露出高兴的笑容。

"五十年前见这幅《秋山图》,是在荒废的张宅。今日再见这幅画,却在如此华贵的府上。实是意想不到的缘分。"

说着,烟客翁仰头看向墙壁。这幅《秋山图》究竟是不是曾看过的那幅,烟客翁自然比谁都清楚。因此,我跟王氏一样,仔细端详烟客翁看画时的表情。果然,烟客翁脸色渐渐阴沉。

王氏沉默少顷,表情越发不安。他怯怯地问烟客翁:"如何?方才石谷先生大加赞赏,可——"

耿直的烟客翁会不会据实相告?我提心吊胆地想。不过,就算是烟客翁,也不忍心让王氏失望吧。鉴赏完《秋山图》,他郑重地对王氏说:"能入手此画,你真是好福气。有它在,府上所藏珍宝可谓锦上添花。"

王氏听见这话,忧愁之色反而更浓。

这时,要不是廉州先生堪堪到场,我们想必会陷入更大的尴尬中。幸运的是,正当烟客翁不知该如何措辞加以称赞时,廉州先生爽快地加入了。

"这就是那幅《秋山图》吗?"

先生漫不经心地打过招呼后,站到黄一峰这幅画前,半天没说话,只管咬胡子。

"听说,五十年前,烟客先生见过这幅画。"

王氏更加忐忑不安,添上这么一句。廉州先生从未听烟客翁描述过《秋山图》的超凡脱俗之处。

"怎么样?照您看来?"

先生只是叹了口气,依旧盯着画看。

"不必顾虑,但说无妨……"

王氏挤出一丝笑容,再度催促。

"这幅吗?这幅啊……"

廉州先生又住了口。

"怎样?"

"应是痴翁首屈一指的名作吧。……请看这浓淡分明的云烟。气势多么恢宏!树木的设色堪称浑然天成。瞧见了吧,那里有一脉远峰。因为有它在,整幅画的布局何等灵动!"

沉默至今的廉州先生回头看着王氏,一一列举画中妙处,发出大大的赞叹声。不消说,听见这话的王氏,神情渐渐开朗。

这工夫,我和烟客翁悄悄凑到一起。

"先生,这就是那幅《秋山图》?"我小声问道。

烟客翁摇摇头，眨了眨眼。

"简直如黄粱一梦。那张家主人，兴许是狐仙之流吧？"

"这就是《秋山图》的故事。"

王石谷说完后，悠悠地啜着茶。

"这事果然离奇。"

恽南田一直凝视着铜制灯台上的灯火。

"后来，听说王氏还热情地问询过许多人。但说到痴翁的《秋山图》，连张氏子孙也只知这一幅。所以，烟客先生过去曾见过的那幅，要么至今仍藏于何处，要么是先生记错了。真相究竟如何，我也不知道。难道说，先生去张宅看《秋山图》，压根儿是一场梦不成……"

"可是，那幅奇妙的《秋山图》不是清晰地烙在烟客先生心里了吗？而且，你心里也……"

"青绿色的山石和朱红色的红叶，至今仍历历在目。"

"那么，就算《秋山图》不存在，也没什么可遗憾的，不是吗？"

说罢，恽、王两位大家拊掌一笑。

西乡隆盛

这故事是本间先生告诉我的。本间先生毕业于大学历史系，比我高两三个年级。大概很多人都知道，本间先生写过两三篇关于维新史的有趣论文。去年冬天，我搬到镰仓。一周前，恰好同本间先生一起吃饭，偶然听他提起此事。

不知为何，这些话至今仍盘旋在我脑海中。因此，我愿付诸笔端，对《新小说》的编辑尽供稿之责。不过，后来才听说，这个故事被称为"本间版本的西乡隆盛"，是友人圈子里的名段之一。这样看来，在一定范围内，本故事或许已广为人知。

讲述此事时，本间先生曾说："判定真伪，乃听者之自由。"本间先生不强调的，我自然也没有必要强调。读者只要像阅读旧新闻那样漫不经心地读下去即可。

此事大概发生在七八年前。时值三月下旬，清水的一重樱即将盛开——话虽如此说，夜晚仍有雨夹雪，寒气逼人。当时，还是大学生的本间坐在晚九点后开往京都之快速列车的餐车车厢中，边独自啜饮白葡萄酒边心不在焉地抽着 M.C.C 牌香烟。列车刚刚穿过米原车站，势必立刻开进岐阜境内。透过玻璃窗向外看，外面一片漆黑。时而，微弱的火光一闪而过。可那究竟是远处人家的灯光，还是火车烟囱里冒出的火星，无从辨别。这番景象中，唯有冻雨敲击在车窗上的雨声与嘈杂的车轮行进声交织在一起，回响在耳边。

　　约一星期前，本间趁春假来到京都，研究维新前后的史料，顺便打算一个人逛逛。可到了一看，要查阅的资料比设想的多，想逛的地方也很多。他忙得团团转，不知不觉间，休息时间所剩无几，连新学期的讲义都没时间准备。这样一来，就算再向往祇园都踊[①]和保津川激流泛舟，也只能徒然地眺望东山方向。一天一天这么过，挺对不住自己的。一天，还下着雨，他终于下定决心，收拾好行装后，走出俵屋旅馆。他一身清爽，身着学生制服，头戴学生帽，驱车赶往七条火车站。

　　然而，上车一看，二等列车的车厢中挤得转不开身。列车员放心不下他，总算给他找到一块容身之处，可他怎么也睡不着。

[①] 又称樱花舞。始于明治五年，是一种歌舞表演形式，现已定于每年4月1日至4月30日公演。包含茶道表演和艺伎、舞伎歌舞表演。

怎么办？不消说，卧铺票早已售罄。本间暂时被一名膀大腰圆、浑身酒气的陆军军官和一位不知打哪儿冒出的、边打瞌睡边磨牙的妇人夹在中间。他尽量缩着肩膀，像年轻人一样耽于漫无目的的空想中。想着想着，空想枯竭了，且身旁传来的压迫感似乎渐渐增强。无奈之下，他起身把学生帽撂在原地，到前面一节车厢中的餐车里避难去了。

餐车看上去很空，只有一位客人。本间朝最顶头的餐桌走去，要了一杯白葡萄酒。其实，他无意饮酒，只是觉得在睡前打发一下时间也不坏。即使态度冷淡的男侍把琥珀色酒杯放在他面前，他也只是浅浅地抿了抿，随即，点上一支 M.C.C.。小小的青色烟圈悠悠向上升，朝明亮的电灯飘去。本间在桌下伸开长腿，心里头一次觉得舒坦。

身体倒是放松了，心情却始终郁闷，感觉很怪。坐在这里，总觉得玻璃窗外的暗夜会忽地朝自己扑来，要么就是白色餐布上整齐码放的杯碟随火车的行进方向齐刷刷地飞出去。伴着激烈的雨声，逐渐沉重起来的心情平复下来。这时，本间抬起压抑的眼神，不由得环顾起餐车。嵌着镜子的碗橱、光线摇曳跳动的电灯、插着油菜花的玻璃花瓶——这些东西个个发出几不可闻的声响，像集体采取行动似的，急不可耐地跳入眼眶。不过，餐车中，最惹人注意的还是一位客人。他坐在对面餐桌后，胳膊肘支在桌上，似乎正在品尝威士忌。

这是一位头发花白的老绅士。红润的两颊像西洋人那样稀稀拉拉地蓄着些胡子，挺拔的鼻梁上架着一副铁框夹鼻圆眼镜，这使他看起来更像西洋人。从远处一瞥，会发现他身上穿着的黑色西服绝非上等面料。老绅士几乎与他同时抬起头，漫不经心地对望了一眼。这时，"哎呀！"本间心里不禁发出一声轻喊。

为何惊讶？因为他觉得仿佛曾在何处见过这位老绅士。到底是见过本人还是见过照片，记不太清。不过，的确见过。于是，他慌忙在脑中搜索熟人的名字。

还没回忆完，只见老绅士忽地站起身来，边在火车的晃动中保持身体平衡边大步朝他走来，接着，大刺刺地往他对面一坐，用和年轻人一样的大嗓门搭话："打扰啦。"

本间有些莫名其妙。不过，眼前坐的是长者，他便礼貌地笑了笑，落落大方地点头致意。

"认识我吗？什么？不认识？不认识也无妨。你是大学生吧？而且是文科大学的。我跟你干的是同一营生，说不定还是同行呢。你学什么专业？"

"历史。"

"哈哈，史学。你也是被塞缪尔·约翰逊所鄙视的其中一人啊。约翰逊有云：历史学家不过是 almanac-maker[①]。"

---

① 意为"史书编纂者"。

说完，老绅士仰面朝天，放声大笑。大概已醉得十分厉害。本间没有接话，只是笑眯眯地趁机仔细观察着他。低低的翻领下系着黑色领带，西服背心已有数处被磨烂，胸前煞有介事地挂着一块大大的银色怀表。不过，他衣着寒酸，似乎并不是因为囊中羞涩。证据就是，他的衣领和衬衫袖口全都洁白无垢，坚挺笔直，紧贴皮肤。怕是学者阶层之类的人吧，很是不修边幅。

"史书编纂者，这形容一点都不错。呵，照我看来，编纂的内容正不正确还要打个问号呢。不过，那东西无所谓，我更想知道，你研究的内容是什么。"

"维新史。"

"这么说，毕业论文的题目也在这个范围内喽？"

本间觉得自己正在接受口试。对方的口吻中有种莫名对人穷追猛打的感觉，他隐隐生起一种预感，觉得自己最终会陷入异常窘迫的局面中。本间若有所思地举起葡萄酒杯，刻意简洁地答道："打算研究西南战争。"

闻言，老绅士突然一言不发，向后扭过半个身子，发出怒吼般的声音："喂，再给我来杯威士忌！"接着，像等不及似的，马上转向本间，夹鼻圆眼镜后流露出一丝嘲讽的意味，这样说道："西南战争啊，有意思。我叔叔当时加入贼军[①]，战死了。我

[①] 西南战争中的贼军指的是以西乡隆盛为首的萨摩藩。

很感兴趣,就探究了一下事实的细节真伪。我不知你是根据哪些史料做的研究,关于那场战争,讹传多得惊人,而且,讹传恰恰出自正史。假如不谨慎取舍大量史料,就会得出难以想象的谬论。你应该首先注意这点。"

从对方的态度和口吻揣测,本间无法判定自己到底该不该对对方的忠告表示感谢。他抿着白葡萄酒,"嗯、嗯"地应付着,相当含糊。老绅士丝毫没有注意到他这般态度。正巧,男侍端来威士忌,老绅士喝了一口,从兜里掏出濑户烟斗,填入烟丝。

"就算费了心,可能还是很危险。这么说或许有些托大,可那场战争的史料,好多都很可疑啊。"

"是吗?"

老绅士默默点头,擦亮火柴,点燃烟斗。红色火光自下而上地映照着那酷似西洋人的五官,浓烟掠过稀疏的胡须,散发出埃及烟丝的味道。看着这一幕,不知为何,本间突然觉得老绅士面目可憎。当然,他明白,老绅士正醉着。可听对方不着边际的瞎扯,还沉默着表示折服,实在没脸面对自己制服上的金扣。

"我觉得没必要刻意小心到这个地步……您那样想,理由是什么呢?"

"理由?没有理由,那是事实。对西南战争的史料,我不过是做了严密的调查。桩桩件件都查了,并且发现多处讹传。这还不足以说明问题吗?"

"当然可以。那么，我想请您说说，发现了怎样的事实？看来，我也能以此作为重要参考。"

老绅士叼着烟斗，暂时陷入沉默。他将视线投向玻璃窗外，脸色稍显严肃。眼前横着一个车站，数名旅客立在当地。在暗夜和冻雨中，人与景色一闪而过。本间窥探着对方的神色，心里暗暗说了句"自作自受"。

"如果没有政治上的顾虑，我很愿意说。可——万一泄露机密这件事被山县公①知道就不妙了。到时，将不是我一个人受牵连。"

老绅士思前想后，缓缓说道。接着，他正了正夹鼻圆眼镜，打量起本间。大概是很快捕捉到了本间脸上流露出的轻蔑表情，他"咕咚"一声一口气喝干剩下的威士忌，忽地将胡子拉碴的脸贴到本间耳边，喷着酒气，含糊不清地低语："要是保证不说给旁人听，我就向你透露一点秘密。"

这次轮到本间皱眉头了。这家伙不会是个疯子吧？脑中突然闪过这个念头。不过，他亦认为，既然已追究到这个地步，眼睁睁地跟事实擦肩而过，有些可惜。而且，刚刚出师就被吓住，夹着尾巴逃跑，那不是自己的作风。许是生出几分不肯服输的孩子气，他把M.C.C的烟头扔进烟灰缸，伸直脖颈，一字一顿地说：

---

① 指山县有朋。西南战争爆发后任指挥官，指挥政府军平定了叛乱。

"我不会告诉别人，所以，请告诉我实情。"

"很好。"

烟斗里升起浓烟。老绅士眯起眼，盯着本间的脸看了好一会儿。本间现在才注意到，他的眼神并不疯狂。虽不疯狂，与凡夫俗子的眼神也不尽相同。那是睿智且和气的、始终带着某种笑意的坦荡眼神。本间默默与对方对视着，不禁从对方的眼神和言谈举止中察觉出一丝奇怪的矛盾之处。不过，当然，老绅士还是没注意到本间在观察自己。青色烟雾绕着夹鼻圆眼镜转了几圈后，消散了。老绅士把眼睛从本间身上移开，像目送烟雾消失似的，望向远处。他稍稍向后仰起头，自言自语般说出一番荒唐话。

"列举事实中的细节可就没完没了了，所以，我只说那件最大的讹传。那就是，西乡隆盛并非战死于城山之役。"

一听这话，本间忽地涌上一股笑意。为掩饰这份笑意，他又点上一根 M.C.C，硬是板起脸，以认真的语调说道"是吗"，附和了一句。往下已不必再问。存世正史均认定西乡隆盛死于城山之役，老绅士却轻飘飘将此归入"讹传"——仅凭这句，便大致明白所谓"事实"究竟为何物。原来，他根本不是精神失常，只是个把义经和铁木真混为一谈、把丰臣秀吉当成私生子的乡下老头，一派天真。想到这里，本间又是好笑，又是生气，心中一阵失望。他下定决心，要尽快结束跟老人的这番对话。

"西乡隆盛不但没有战死于城山，而且，尚在人间。"

说完，老绅士反而信心十足地瞥了本间一眼。不消说，本间对这句也是"哦、嗯"地应付着。对方唇边露出一丝讥讽的微笑。这一次，老绅士语声平静，刻意攀谈："你不相信我的话。不用辩解，我知道你不信。但是——但是啊，你为什么不相信西乡隆盛至今还活着呢？"

"您刚才说，对西南战争有兴趣，才会去探究事情的细节真伪。那么，关于这个问题，应该无须我多说吧？可您既然问到我，我愿就我所知，谈论一二。"

本间讨厌对方那令人厌恶的镇定态度，且巴不得尽快干脆地结束这场闹剧。他把这些没有大人样的想法先放在一边，连珠炮似的阐述了"城山战死说"。具体场面，我就不详细描述了。您只需知道，本间的论证像平常一样彻底贯彻了引证正确、合乎情理的原则，无可挑剔，就已足够。可是，叼着濑户烟斗吞云吐雾的老绅士竖着耳朵听完后，全然没有屈服之意，一脸嘲讽之色。铁框夹鼻圆眼镜后的眼睛依旧眯着，闪动着柔和的光芒。那目光，奇特地挫败了本间那锐利的锋芒。

"原来如此。以某种假定做前提的话，你的论述，可以算对。"

本间的论点告一段落后，老人不慌不忙地说道。

"而且，说到那个假定，你刚刚列举的加治木常树的'城山笼城调查笔记'也好，市来四郎的日记也罢，都是确切无误的事实。难得你有此高论，可我从一开始就打算否定这些史料。对我来说，这些论点只是彻头彻尾的谬论。嗨，别急。关于史料的正确性，你应该可以从很多方面来做辩护。可是，我有压倒一切辩护的铁证。你知道那是什么吗？"

本间如坠云里雾中，一时之间，不知该如何接话。

"那就是，西乡隆盛眼下就和我坐在同一辆火车上。"

老绅士用压倒一切的态度断言，语声几近严肃。即便是处事不惊的本间，此时，也愕然了。可就算理性受到威胁，也不能让自己权威扫地。不觉间，本间已将夹着 M.C.C 的手从嘴边拿开。这时，他重新吸了一口烟，带着怪讶的表情，无言地凝视对方的高鼻梁。

"跟这个事实相比，你的史料算得了什么？不过是破纸一张。西乡隆盛没有死在城山。证据就是，他正坐在这列上行快车的一等车厢里。没有比这个更确切的事实了。还是说，比起活生生的人，你更信任写在纸上的文字？"

"唔……您说他活着，可我必须亲眼看见，才能相信。"

"必须亲眼看？"

老绅士带着倨傲的语调，重复着本间的疑问。说完，他慢慢磕了磕烟灰。

"是的，必须亲眼看。"

本间重整旗鼓，刻意冷冷强调了一遍之前的疑问。可对老人来说，这种疑问似乎并没有起到多大作用。听完这句后，他仍然带着傲慢的态度，故意耸耸肩。

"他就在同一趟列车上。你若想见，现在就让你见。南洲先生可能已经睡下了，不过，呵，一等车厢就在前方，过去看看也无妨。"

说完，老绅士把濑户烟斗放回兜里，用眼神示意本间"跟我来"，然后慢吞吞地站起身。见状，本间不得不跟着站起来，叼着 M.C.C，双手插兜，不情不愿地离开座位，踉踉跄跄地跟在老绅士身后。二人穿行在两侧餐桌中的过道上，大步朝车门走去。他俩身后，只剩下两只酒杯：一只装着白葡萄酒，一只装着威士忌。淡淡的、半透明的寂寞身影落在白色餐布上，在侵袭而来的风雨声中瑟瑟发抖。

大约十分钟后，态度冷淡的男侍再次用琥珀色的液体注满白葡萄酒酒杯和威士忌酒杯。架着夹鼻圆眼镜的老绅士和身着大学制服的本间亦像之前那样坐在餐桌后。再往前一桌，坐着刚刚和二人擦肩而过的、身穿便装的胖男人和艺伎模样的女性，他们好像正在吃炸虾。两人流畅地用上方[1]口音说着情话，刀叉的叮当碰撞声不绝于耳。

---

[1] 江户时代称呼以京都、大阪为首的近畿地区的名称。"上"是对作为首都的京都的尊称。

幸好本间不用在意这些。因为本间的脑子里充斥着刚刚见到的惊奇景象———等室的莺色[①]座椅和同色窗帘，还有那卧于其间的、小山一般的壮汉。壮汉顶着一头白发，正在打盹儿。本间判定，那威风凛凛的相貌，正带有南洲先生的气质。别是看错了吧？许是多心，那边的灯光比这边暗。可那别具特征的眼睛和嘴角，就算不离近看，也清清楚楚。不管怎么端详，都是自己从小就看过无数遍的西乡隆盛……

"如何？看过之后，你还要坚持自己的'城山战死说'吗？"

老绅士红润的脸颊上带着爽朗的笑容。他在等待本间的回答。

"……"

本间不知该如何接话。该信哪方呢？是相信万人确认过的正确史料，还是眼前这位相貌魁伟的老绅士？怀疑前者，就是不相信自己的大脑；怀疑后者，就是不相信自己的眼睛。本间的疑惑完全合乎情理。

"方才，你已亲眼见过南洲先生，但还是更信史料。"

老绅士举起装着威士忌的酒杯，用授课一般的语调继续说道。

"可是，你相信的史料到底是什么？先想想这个。我们先不

---

① 带点灰的绿褐色。

谈'城山战死说'。大体上讲，世上根本没有可以用来断言历史的'正确史料'。记录事实时，人们自然而然会边写边自行对细节进行取舍。即便不是有意为之，事实也是如此，没办法。在这个意义上，记录和客观事实就已相距甚远，对吧？所以，乍看之下正确，其实可能错得离谱。最近常有人说，沃尔特·雷利曾推翻过已定稿的《世界史》——这件事，想必你也有所耳闻。而我们连眼前的事都无法确定。"

老实说，本间并不知道这件事。可因他一直保持沉默，老绅士似已认定他知道。

"说回'城山战死说'。这条记录中有很多值得怀疑的地方。当然，西乡隆盛于明治十年九月二十四日战死于城山这件事，所有史料都是一致的。但是，死去的不过是一位酷似西乡隆盛的人。那个人到底是不是西乡隆盛，本身就是一桩悬案。况且，首级和无头尸首分别被发现，从这个事实上看，如你方才所言，世间诸论，绝不算少。那些都值得怀疑，应该被怀疑。抱着这样的怀疑，现在，你在这趟列车上遇到西乡隆盛——即使你不承认那是他，至少要承认，遇到了酷似他的人。这种情况下，你还要相信史料上说的那些吗？"

"可是，史料上说，的确发现过西乡隆盛的尸体。既然如此……"

"相貌酷似者，世间多的是。也不止一个人右腕上有旧刀疤。

你听过狄青①为侬智高②做尸检的故事吗？"

这次，本间老实承认自己"不知道"。事实上，从刚才起，他就对对手那奇特的理论和渊博的知识感到恼火，渐渐对眼前这位戴夹鼻圆眼镜的老人生出一丝敬意。这时，老绅士又从兜里掏出那濑户烟斗，悠悠地抽起埃及烟丝。

"狄青追击五十里，入大理境内时，发现敌军尸体，其中一具身上着金色龙袍。众人皆云，此乃智高尸骸，唯狄青不为所动。'安知非诈邪？宁失智高，不敢诬朝廷以贪功也。'③'狄青说这话，不仅仅因为他道德高尚，还因为，这是对待真理应有的理想态度。可遗憾的是，时任西南战争指挥官的诸位将军却缺乏此等深谋远虑。因此，历史便从'可能如此'变成了'的确如此'。"

本间渐渐被说得哑口无言。最后，他被逼无奈，孩子气地放手一搏。

"可是，世间哪有那么相似的人啊。"

闻言，不知为何，老绅士突然从嘴里抽出濑户烟斗。他被烟呛得直咳嗽，放声大笑。笑声太大，惹得前面一桌的艺伎转过

---

① 北宋名将、枢密使。
② 1052年4月，广西少数民族首领侬智高起兵反宋，后败于狄青之手。关于他的死亡情况，史料说法不一，致死原因、时间、地点各异。比较受认可的一个说法是，他逃亡大理，并死于大理。
③ 出自《宋史·狄青传》。

头，惊讶地看着这边。老绅士笑得停不住，他用一只手扶住就要掉下来的夹鼻圆眼镜，另一只手捏着点燃的烟斗，边咳嗽边笑。本间感到莫名其妙，只得把白葡萄酒酒杯放在面前，茫然地看着他。

"当然有。"笑了一会儿后，老人终于喘了口气，"刚才，你看见了吧？那个打盹儿的男人，是不是酷似西乡隆盛？"

"这么说——他到底是谁？"

"他呀，是我一个朋友。本职是医生，业余时间画南画[①]。"

"那他不是西乡隆盛喽？"

本间认真地问完后，脸忽地红了。因为他突然有种置身于明亮灯光下的感觉，意识到自己在此前的闹剧中扮演了怎样的角色。

"若是惹你不快，请多包涵。跟你聊天的过程中，我觉得你身上充满年轻人特有的诚实感，就想和你开个玩笑。玩笑归玩笑，可我说的都是真心话。……这就是我。"

老绅士在兜里翻找着，掏出一张名片，递给本间。名片上没印任何名头，但是，看着名片，本间终于想起自己在何处见过这位老绅士。老绅士注视着本间的表情，满足地微笑着。

"做梦也没想到，能遇见老师您。我说了很多不客气的话，

[①] 受中国南宗画影响而自成一家的画派。

真是抱歉。"

"哪里,刚才那套'城山战死说'相当精彩。要是毕业论文也照这个感觉来,应该很有意思。我所在的大学今年也来了个专攻维新史的学生——嗨,这事先不说了,好好喝一杯吧。"

看起来,雨夹雪已暂停,窗户上已没有敲击声。带着女伴的客人起身离去,冷清的餐车中,只有玻璃花瓶中的油菜花散发出淡淡的清香。本间一口气喝干杯中的葡萄酒,按着红起来的脸颊,突然问道:"老师是怀疑论者吧?"

老绅士以夹鼻圆眼镜后的眼神示意,表示肯定。那双眼睛是坦荡的,始终带着笑意。

"我是皮浪[①]的弟子,知道这点就足矣。我们什么都不了解。我们连自己都不了解,何况西乡隆盛的生死?我撰写历史,但我没想过要撰写出没有谎言的历史。只要能写出接近史实的美丽历史,我就满足了。年轻时,我想成为小说家。真成了的话,或许会写那样的小说。也许那样会比现在更好。总之,我是怀疑论者,这就足够了。你不这么认为吗?"

[①] 古希腊怀疑派哲学家,被认为是怀疑派鼻祖。

舞 会

　　明治十九年十一月三日夜，芳龄十七的名门千金明子与已经谢顶的父亲一同登上鹿鸣馆的台阶。今晚，这里要举办舞会。宽阔的楼梯两侧，酷似人工假花的大朵菊花沐浴在明亮的瓦斯灯下，排成三道花篱。最外侧那列淡红，中间一列深黄，最近的那列纯白，花瓣如流苏般错落有致。菊篱尽头，台阶最上端的舞厅中源源不断地流淌出欢快的管弦乐声。那音乐，仿佛无法抑制的、幸福的低语声。

　　明子早就学过法语跟跳舞，可今晚正式参加舞会，是有生以来头一遭。所以，在马车里，面对时不时搭话的父亲，她总是心不在焉地接话。她心里深植着一股忐忑的心情，可谓既愉快，又不安。直到马车停在鹿鸣馆前，不知道多少次，她焦急地抬眼张望，望向窗外东京大街上那稀疏的、一闪而过的灯火。

刚一进鹿鸣馆，她立刻遇到一件事，这倒让她忘记了那股不安。楼梯上到一半时，正追上一位走在前面的中国高官。高官闪开肥胖的身躯，让父女俩先走，眼睛痴痴地望着明子。明子穿件清纯的玫瑰色礼服，优美的脖颈上系一条水色丝带，浓密的黑发旁别着一朵香气馥郁的玫瑰花——那一晚，明子的装扮淋漓尽致地展现出明治开化后日本少女的美丽之处，拖着大辫子的中国高官想必看得目瞪口呆。这时，又有一位身穿燕尾服的日本青年从楼梯上走下来，与父女二人擦肩而过时，他下意识地拧过头去，同样朝明子的背影送去惊讶的一瞥。接着，若有所思地正了正白领带，从菊篱中穿过，匆匆走向大门。

父女二人登上台阶。主办人伯爵蓄着斑白的络腮胡，胸前佩着数枚勋章，同岁数比他大的、细心装扮出路易十五时代服饰风貌的伯爵夫人齐齐立在二楼舞厅入口处，正落落大方地迎接宾客。看到明子的身姿，就连老奸巨猾的伯爵都瞬间隐隐流露出不加掩饰的惊叹之色。明子没有看漏这点。明子那和蔼可亲的父亲面带微笑，简明扼要地将她介绍给伯爵夫妇。明子半分羞意，半分得意，两种感受轮流拂过心头。同时，她从容地觉察到，地位显赫的伯爵夫人的面庞中仍带有一丝粗俗之气。

舞厅中美不胜收，随处可见怒放的菊花。等待舞伴前来邀舞的名媛贵妇亦随处可见。清爽的香水味道中，她们身上的蕾丝花边、花朵、象牙扇犹如无声的波浪，上下起伏着。明子很快从父亲身边走开，加入珠光宝气的名媛行列。这些少女年龄相仿，所穿礼服或是水色或是玫瑰色，全都一个模样。她们欢迎明子的加入，发出小鸟啼鸣般的声音，对她交口称赞，赞她今晚有多么迷人。

刚刚加入她们，不知从哪儿走出一位素未谋面的法国海军军官。他静静走上前来，双手垂下，彬彬有礼地以日本人的方式躬身行礼。明子脸上微微一红，一股热意爬上脸颊。这招呼是何含义，不消说，她懂。于是，她把手中的扇子交给身旁一位穿水色礼服的名媛。这时，法国海军军官脸上浮起一丝笑意，竟用带异国口音的日语清晰说道："可否赏光一舞？"

少顷，明子与法国海军军官踩着《蓝色多瑙河》的旋律舞起来。军官的脸颊带着烈日灼烧的痕迹，五官立体，胡髭很浓。明子想把戴着长手套的手搭在对方左肩上，可她个子太矮。经验丰富的海军军官巧妙地引导她在众人之间轻快地舞动，且不时在她耳边低语，用法语说些哄人开心的溢美之词。

明子对他那温文尔雅的话语报以羞赧的微笑。人们都在跳舞，她时不时朝舞厅四周望去。拔染出皇室家徽的紫色绉绸帷幕和腾飞着张牙舞爪的青龙的中国国旗下，一瓶瓶菊花不时闪现在人潮中，时而现出轻快的银色，时而透出暗沉的金色。人潮骚然，像香槟酒一样欢腾，合着华丽的德国管弦乐奏出的旋律，一刻不停地回旋。忙碌中，明子终于与正在舞动的一位女友合上视线，两人朝彼此愉快地点点头。可是，下一秒，眼前已是另一对舞伴。她们仿佛大蛾在狂舞，不知来路，也不知去向。

明子清楚，这期间，法国海军军官一直在观察自己的一举一动。这代表，这位全然不了解日本的外国人对她陶醉于跳舞而感到好奇。这么美丽的小姐，难道也会如人偶般住在纸糊竹造的屋子里，用细细的金属筷从巴掌大小的青花碗中夹起米粒，送入口中吗？——他的眼中无数次流露出这样的疑惑，与亲切的笑意交织在一起。明子觉得好笑，同时，又很得意。因此，每当对方把视线投在自己脚下时，那双华丽的玫瑰色舞鞋便更加轻快地在平滑的地板上舞动着。

可不久后，军官便注意到这位猫儿似的小姐已有乏意，遂怜惜地注视着她说："要不要再来一曲？"

"Non merci.[①]"

明子已上气不接下气。这一次，她坦率作答。

于是，法国海军军官依旧踩着华尔兹舞步，游走在前后左右齐齐旋转的蕾丝花边和佩花中，不慌不忙地把她带向摆着一瓶瓶菊花的墙边，转完最后一圈后，漂亮地把明子安顿在墙边的椅子上。身着军服的他挺了挺胸，像先前那样，彬彬有礼地以日本人

---

① 法语，意为"不了，谢谢"。

的方式躬身行礼。

后来,他们又跳了波尔卡和玛祖卡。明子挽着这位法国海军军官,穿过白、黄、淡红组成的三道花篱,向楼下大厅走去。

身着燕尾服的男人和裸露香肩的女人们来回穿行,络绎不绝。摆满银制器皿和玻璃器皿的数张台子上,有堆积成山的肉食和松露,有高耸似塔的三明治和冰淇淋,有筑成金字塔的石榴和无花果。尤其是厅内那面未被菊花覆满的墙壁——壁上有个美丽的金架,绿油油的葡萄蔓攀爬缠绕在金架上,造得巧夺天工。葡萄叶间缀着一串串蜂巢般的紫色葡萄。明子在金架前碰到谢顶的父亲,他抽着雪茄,正和一群年龄相仿的绅士站在一起。父亲看到明子,满意地点了点头,随即转向同伴,又吸起雪茄。

法国海军军官和明子走到一张桌前,同时拿起挖冰淇淋的勺子。她察觉到,就这么一会儿,对方的视线仍时不时落在自己的手上、头发上,以及系着水色丝带的脖颈上。当然,对明子来说,这并不会引起不快。可是,有那么一瞬,明子心里仍不免闪过一丝女性应有的疑问。这时,两位身着黑天鹅绒礼服、胸前别红色山茶花的德国少女从二人身边经过。她想要委婉表达自己的疑问,便发出这样的感叹:"西方女子真是漂亮呀。"

不料,海军军官听后,一脸认真地摇摇头。

"日本女子也很美,尤其像小姐您这样的……"

"您过奖了。"

"不,这并非恭维。凭您现在这身装扮,立刻就可出席巴黎的舞会,且能艳惊四座。您就像华托①画中的公主一样。"

明子不知华托是何许人也,所以,海军军官的话语所唤起的、美丽的昔日幻影——幽暗森林中的喷泉和正在凋谢的玫瑰——转瞬间便消失得无影无踪。敏锐过人的明子用勺子搅动冰淇淋,没有忘记继续聊起仅存的另一个话题。

"我也很想参加巴黎的舞会呢。"

"巴黎的舞会,其实同这里毫无二致。"

说着,海军军官扫视了一下桌旁的人流和菊花,眼底忽然露出一丝讥讽的嘲笑,挖冰淇淋的勺子停住了。

"岂止巴黎,任何地方的舞会,都一样。"他自言自语地补上一句。

一小时后,明子依然挽着法国海军军官,和一大群日本人、外国人一同伫立在舞厅外那可见明亮星光的露台上。

一栏之隔的露台后是广阔的庭院,院中种下的针叶树枝叶相交,一片寂静。树梢上,鬼火提灯透出点点红光。清冷的空气中带着下方地面飘上来的青苔味和落叶的味道,透出一丝孤寂的秋意。可他们身后的舞厅中,蕾丝花边和花海仍在拨染出十六瓣菊

---

① 让-安东尼·华托(Jean-Antoine Watteau),洛可可时代的法国画家。

纹的紫色绉绸帷幕下无休止地摇曳,高亢的管弦乐犹如旋风,依旧在人海上空毫不留情地挥舞着鞭子。

当然,露台上同样热闹非凡,欢声笑语不绝于耳,划破夜空。尤其是当暗暗的针叶林上空绽放出美丽的烟花时,所有人几乎同时发出近似惊叫的声音。明子站在人群中,一直在跟交情不错的名媛随意攀谈。很快地,她觉察到那位法国海军军官只是任凭自己挽着,默默地注视庭院上空那星光灿烂的夜空。总觉得他心中泛起了一股乡愁。于是,明子仰起头盯着他,语气中带着半分撒娇,问道:"是不是想家啦?"

闻言,海军军官静静地回过头,依旧眼含笑意,像孩童一样摇了摇头,代替那句"No"。

"可您似乎有心事呢。"

"那么,猜猜看,我在想什么?"

这时,像再次刮起旋风般,聚集在露台上的人群又发出一声欢呼。明子和海军军官不约而同地停止交谈,看向悬在庭院针叶树林上空的夜空。夜空中恰好绽放出红色和蓝色的烟花,烟花呈放射状飞散,遁入暗夜,转眼间,便消失得无影无踪。不知何故,明子觉得烟花简直美得令人心碎。

"我在想这烟花。想这和我们的人生毫无二致的烟花。"

少顷,法国海军军官温柔地俯视明子的脸庞,语带教诲,对她说道。

大正七年的秋天，在去往镰仓别墅的路途中，当年那位明子在车中偶遇一位仅有一面之缘的青年小说家。当时，青年正把准备赠给镰仓友人的一束菊花往行李架上放。于是，当年的明子、如今的 H 老夫人说，一看见菊花，她就会忆起往事，便把鹿鸣馆舞会中的那段回忆详细讲给青年听。听本人亲口讲起往事，青年不禁兴致勃勃。

讲完之后，青年无意间问了老夫人这样一个问题。

"夫人，您知道那位法国海军军官叫什么名字吗？"

闻言，H 老夫人不假思索地答道："当然知道。他说，他叫 Julien Viaud[①]。"

"这么说，是 Loti 了。就是写《菊子夫人》的皮埃尔·洛蒂。"青年既愉快又兴奋。H 老夫人却惊讶地看着青年，数次喃喃自语。

"不，他不叫洛蒂。他说，他叫朱利安·维奥。"

[①] 朱利安·维奥，法国小说家和海军军官，笔名皮埃尔·洛蒂（Pierre Loti）。著有《冰岛渔夫》《拉曼邱的恋爱》《菊子夫人》等书。作品极富异国情调。

开化的丈夫

之前，上野博物馆曾举办过表现明治初期文明开化程度的展览会。一个阴沉沉的午后，我仔细参观完每一间展室后，终于迈进最后一间。这里陈列着当时的版画。这时，一位绅士映入眼帘。他站在玻璃展柜前，正在观看几幅古朴的铜版画。从背影看，是位身材修长、气质优雅的老人。他身穿一套笔挺的黑色西装，戴一顶高雅的圆顶礼帽。一见这身装束，我立刻觉察到，他就是本多子爵。四五天前的聚会上，经人介绍，我认识了他。虽然刚认识不久，不过，在很久前我就深知子爵生性不喜与人交际。因此，我犹豫着，不知该不该上前打招呼。此时，子爵似乎听到了我的脚步声。他慢慢回过头，随后，斑白胡髭下的唇角边泛起一丝微笑。接着，他稍稍抬了抬礼帽，柔和地打招呼："你好。"我稍稍放下心来，无声而恭敬地朝他鞠了个躬，轻轻移步上前。

　　本多子爵其人，脸庞瘦削，脸上如闪动着黄昏之光，仍带有年轻时的俊美轮廓。同时，脸上也带着贵族阶层中少能见到的、藏于心底的苦痛投射出的忧郁阴影。他依然戴着那天的领带夹。看着一片纯黑装束中散发出慵懒光泽的大颗珍珠，便觉仿佛在凝视子爵的内心……

　　"怎么样，这幅铜版画？是筑地居留地一景……吧。构图非常巧妙，不是吗？而且，对明暗层次的处理也别具趣味。"

　　子爵小声说着，用细手杖的银柄指了指玻璃柜中的画。我点点头。云母般上下起伏的东京湾、飘动着各色旗帜的蒸汽船、来往穿行的外国男女，还有，在西式建筑上方伸展枝条的、带有广重[①]画风的松树——取材和画技融合在一起，带出一种"和洋折中"的味道，显示出明治初期艺术作品中特有的、美妙的协调感。自那之后，这股协调感就永久地消失在艺术品中，也消失在我们生活的东京。我再次点点头，说，我不单对这幅描绘筑地居留地一景的铜版画感兴趣，一看到绘着狮子配牡丹的双人座人力车和手持玻璃制品的艺伎，还会想起明治开化那段令人骄傲的时代，心中更添一层怀念之情。子爵仍微笑着听我讲话。他静静地从玻璃展柜前走开，慢慢走向旁边陈列的大苏芳年的浮世绘。

---

① 江户末期的浮世绘师歌川广重。

"看看这幅芳年①的画。画的是穿西装的菊五郎和梳银杏叶发髻的半四郎，这是两人在一轮红月下表演哀愁氛围的场景。此景更易使人忆起那个时代——那个既非江户又非东京的、昼夜难分的时代。真是历历在目啊，不是吗？"

虽然本多子爵如今不喜交际，可他当年是个留洋才子，不仅在官场上声名远播，在民间也颇有威望。这情况，我略有所闻。所以，我认为，在这来客寥寥的展室中、在躺在玻璃展柜中的旧时版画的围绕下聆听子爵的讲解，本就合乎情理，是理所当然之事。可同时，对这理所当然之事，我又兴起一层反抗之心。因此，等子爵说完后，我便将话题岔开，想谈谈一般浮世绘的发展。然而，子爵再次用手杖的银柄一幅接一幅地点着芳年的浮世绘，继续用低沉的语调讲述。

"特别是我这种人，看过这幅版画后，就觉得三四十年前那段时代恍如昨日。就连翻开今天的报纸，亦觉得能看到关于鹿鸣馆舞会的报道。说实话，刚才我一走进这间展室，就感到那个时代的人统统活了过来。虽然看不见他们，但他们就在那里走来走去，而且，那些幽灵时不时凑在我们耳边，低声倾诉昔日旧事——奇怪的念头无论如何都挥之不去。特别是刚才那幅画，穿着西装的菊五郎酷似我一位友人，当我站在那幅画前时，甚至有

---

① 从幕末时代活跃至明治前期的浮世绘师月冈芳年。大苏芳年是他的画号之一。

种如鲠在喉的感觉，真想把久别之情一吐为快。若不嫌弃，要不要听我讲讲这位友人的往事？"

本多子爵刻意移开眼神，语声不安，似在顾虑我的心情。我想起上次与子爵见面时介绍我们相识的朋友。他曾这样对子爵说："这个人是小说家，有什么趣事，请讲给他听。"就算他不这么说，有朝一日，我也会被子爵的怀古咏叹所吸引。若有可能，我甚至当下就想同子爵一起坐上马车，前往旧日迷雾笼罩下的、"一等红砖"铺就的繁华街道①。于是，我躬下身，欣然催促道："请讲。"

"那么，到那边去吧！"

我遵从子爵的意思，同他走到展室中央的长凳旁，一起落座。室内再无他人。阴沉的清冷光线中，古香古色的铜版画和浮世绘孤寂地悬挂于四周那些玻璃展柜中。本多子爵把下巴支在手杖的银柄上，环视了一会儿好似带着自身"记忆"的展室后，终于把目光转向我，用低沉的声音讲述起来。

"我那位朋友叫三浦直树。从法国坐船回国时，偶然与他相识。他与我同年，都是二十五岁。像芳年画上的菊五郎那样，他肤色白皙，长脸，长发中分，活脱是位接受过明治初期文明开化的绅士。漫长的海上旅途中，我俩交情渐笃，回国后仍相互走

---

① 银座砖瓦街。这条街是日本最早的欧式街道，曾被视为明治维新时期的代表工程和文明开化建设的象征。1923年关东大地震中被震毁。

动,关系密切,会面间隔从未超过一周。

"三浦的双亲似乎是下谷一带的大地主。他刚到法国,双亲就相继去世。他是独子,想必当时成了腰缠万贯的有钱人吧。我认识他时,他已是身份极高之人。除偶尔前往第 X 银行处理事务外,其余时间都是游手好闲。回国后不久,他就在曾一直与双亲共同居住的、两国百本杭[①]附近的宅邸中新建起一座别致的西式书斋,过着奢华安逸的生活。

"现在像这样和你描述他,那间书斋的模样便历历在目,如同看着对面那幅铜版画。面朝隅田川的法式窗、镶金边的白色天花板、红色摩洛哥产皮椅和长沙发、墙上挂的拿破仑一世的肖像画、大大的乌木雕花书柜、嵌着镜子的大理石暖炉,还有摆放其上的、其父生前心爱的松树盆栽——一切的一切,都带有一种复古式摩登,有种阴森森的绚丽感。换言之,那是极其符合时代特征的书斋,令人联想到走了调的乐器声。置身其中的三浦总是在拿破仑一世肖像画下摆开阵势:穿着结城绸套装阅读雨果的《东方诗集》。他的样子,越发跟那边挂着的铜版画一个模样。对了,我记得法式窗外总有硕大的帆船掠过。当时,我总带着开了眼的心情眺望此景。

[①] 现东京都墨田区两国一丁目附近。明治初期,隅田川水量过多,逐渐蚕食岸边。两国桥附近的水道尤其蜿蜒,河水更加容易沉积,非常湍急。为抵消水流的冲力,人们在水中钉入数根木桩,保护岸堤。木桩林立的样子,被称为"百本杭"。当时,此景属于隅田川名胜之一。

"三浦虽过着奢华安逸的生活,却从未如同龄的青年那样到新桥或柳桥等风月场所寻花问柳。他只是每日窝在那间新建的书斋中,沉溺于书香的精妙,没有银行家风范,倒像是年轻的隐居者。当然,一方面,这是由于他体态似弱柳扶风,身体状况不允许他有任何放纵行为;另一方面,硬要形容的话,他的性格中带有纯粹的、超乎常人的理想主义倾向,这与当时的唯物主义风潮正好相反,所以,他大概是心甘情愿地把自己置于独处的境地中。事实上,曾是开化绅士代表人物的三浦之所以在他那个年代颇具另类色彩,就是因为他带有这种性情。毋宁说,贯彻理想主义的他,正与上个时代的政治幻想家有相似之处。

"有事实为证。一天,我俩去某个剧场看戏,看的是狂言《神风连》。我记得,大野铁平自杀那幕落幕后,他突然转向我,认真发问:'你同情他们吗?'

"我原本就留过洋,当时,对一切陋习都采取鄙视态度,因此,我冷酷地回答说:'自然不同情。尽管颁布了《废刀令》,但是,犯上作乱的团伙,理应自裁。'

"他却摇摇头,表示有异议。

"'我认为,他们的主张或许不正确,但他们为自己的主张献身,这种态度中蕴含着价值。这价值,远非同情可以衡量。'

"于是,我笑着反问:'难道,你愿意像他们一样,为将明治社会恢复成神话时代、为实现这种幼稚的梦想而献出生命也在所

不惜？'

"他毅然决然、无比认真地答道：'就算是幼稚的梦想，能为自己的信念而献身，我也死而无憾。'

"当时，我以为他只是随口一说，并没有深究。可如今再想，那番话早已笼上一层阴影，如黑烟缭绕般，暗示出他后半生的悲惨命运。听我慢慢道来，你自然会明白。

"不管怎样，三浦仍旧抱定那样的态度，我行我素。在婚姻大事上，他也主张'没有爱的火花，我不会结婚'。不管多少好姻缘找上门来，他都不珍惜，一概拒绝。而且，他所谓的'爱的火花'，也与普通情爱迥然不同。即便认识了相当中意的哪家小姐，他也会说'总觉得心里仍有杂念，不行'，始终无法发展到谈婚论嫁的地步。旁观他这作风，实在叫人急得上火。因此，我有时会出言干涉，多管闲事，对他说：'要是人人都像你这样检讨内心，一丝一毫都不肯放过，连行住坐卧都难了。反正，理想这东西在社会上也是寸步难行，你就睁只眼闭只眼，退而求其次，不就得了！'三浦反而每次都一脸怜悯，瞧着我说：'若能如此，我何必独身至今！'不屑与我理论。然而，就算朋友们都闭了嘴，亲戚们还是不无担忧：他原本就体弱多病，万一绝了后，如何是好？好像有人劝过他，说至少该纳个小妾。可是，那种建议，三浦本就当它们是耳边风。岂止是当耳边风，他是极度讨厌'小妾'这个词。平日里，一逮到我，他就使劲嘲讽：

'再怎么标榜文明开化，在日本，公然纳妾这种事还是大行其道啊！'这么着，回国后的两三年间，他只管与拿破仑一世为伍，毫不松懈地读书。何时能实现所谓'有爱情火花的婚姻'，我们这些当朋友的完全无法预测。

"这期间，因某件政府要务，我暂时赶往韩国京城[1]赴任。安顿下来后，未满一月，竟意外接到三浦的结婚通知！当时我有多惊讶，你就可想而知了。惊讶归惊讶，一想到他终于找到了'产生爱情火花'的伴侣，我又不可抑制地笑起来。通知内容极其简洁，只说已与一位名叫藤井胜美的御用商人[2]的女儿订了婚。后来，又接到来信，说，某日，他散步时顺道去了趟柳岛的萩寺[3]，巧遇经常出入他家的古董商藤井父女，三人便一起参拜，又结伴漫步寺内。不知不觉间，二人情投意合。说起萩寺，当时仍是哼哈二将守护大门。寺内茅草压顶，胡枝子丛中尚立有刻着松尾芭蕉俳句的著名石碑，上书'雨打胡枝花，楚楚秋意湿人衣，人花共风情'。场所着实风雅，确是现实中才子佳人演出红线良缘的绝佳舞台。然而，这种结缘方式发生在外出必着巴黎定制西装、处处以开化绅士自居的三浦身上，实在太落俗套。我等俗人一读结婚通知便笑了起来，终究无法抑制暗自窃笑的情绪。

---

[1] 首尔的旧称。1910年，日韩两国签订《日韩合并条约》，朝鲜半岛成为日本领土的一部分，设朝鲜总督府，将汉城更名为京城。
[2] 给皇宫、政府献纳用品的商人，有一定特权。
[3] 龙眼寺。萩寺是它的别名。

听我这么说，你定然能猜到，此事乃古董商穿针引线之结果，对吧？可叹的是，婚期定得飞快，担着虚名的媒人也找好了。那年秋天，婚礼如期举行。不消说，夫妻间自然琴瑟和谐。我为此感到好笑，同时也艳羡不已。那般冷静且学究气十足的三浦，一在信中诉说婚后情形，竟也流露出快活的口吻，和从前判若两人。

"那时的书信，我仍妥善保存着。一封封重读时，眼前便闪现出那时的他的音容笑貌。三浦高兴得像孩子似的，一一记录下生活中的点点滴滴。今年栽种牵牛失败；上野的孤儿院请求捐款；入梅时多数书籍受潮；常雇的车夫得了破伤风；去剧场看了西洋魔术；藏前那地方遭受火灾……桩桩件件，数不胜数。其中，最让他高兴的一件事，是委托画家五姓田芳梅为夫人画了一幅肖像画。这幅画挂在书斋墙面上，替换下原先那幅拿破仑一世。后来，我见过这幅画，画的是盘起头发的胜美夫人的侧脸。她身穿带细金线绣花的黑色套装，手拿一束玫瑰，站在穿衣镜前。可是，就算见得到那幅画，也无法再见到出国前看见的、那般快活的三浦了……"

说到这里，本多子爵轻轻叹口气，沉默了半响。我听得入神，不禁忧心忡忡地盯着子爵，暗自在心里揣摩：子爵从韩国回来时，三浦是否已亡故？他立刻察觉到我的不安，缓缓摇了摇头。

"话虽有那个意思，但他并非在我出国期间过世。我只是想说，前前后后忙了一年多，再次回国见到三浦时，他性子依旧沉静，气质却比从前阴郁得多。他特地到新桥车站来接我，久未谋面，刚一与他握手，我就觉察到了这点。不，与其说是'觉察到'，不如说，是无法忽视他那沉静过头的气质。其实，刚一见他，我颇感意外，立刻问了句：'你怎么了？是不是身体不舒服？'他反而对我的疑问感到奇怪，答道，他也好，夫人也好，身体都很健康。这话也对。才过一年多，就算找到了'有爱情火花的婚姻'，人也不可能突然之间性情大变。我没再追根究底，而是笑着用'大概是光线很差，我以为你脸色不好'搪塞过去。逐渐发展到无法用谈笑掩饰的地步——即察觉到他潜藏在忧郁假面下的愁闷——大概是两三个月后。照事情发展的先后顺序，我想，有必要先交代一下夫人的情况。

"从韩国回来后不久，夫妻二人便邀我到隅田川河畔的豪宅里共进晚餐。那是我第一次见夫人。此前，听说夫人与三浦年龄相仿，但或许是身材娇小之故，任谁看来，必然都觉得她比三浦小上几岁。那晚的夫人黛眉浓密，面如满月，气色红润。她身穿带古朴蝶鸟图案的和服，束一条素花缎腰带。用那个时代的话形容，就是'气质高雅'。但是，作为三浦所说的'产生爱情火花的伴侣'，总觉得，她与我想象中的新娘形象有不吻合之处。话虽如此，若问哪里不一致，又无法清晰断言。从这次见三浦开始，我便不由得经常这样想。当然，只是偶有所感，并没有因此就丧失祝福他们永结同心的热情。岂止如此,在明快的气氛和明亮的灯光下享受美食的这段时间里,我还对才气纵横的夫人深表敬佩。有句俗话叫'对答如流',恐怕就是形容她那样的口才。'夫人,像您这样的人,该生在法国才对。'——我终于一脸认真地献上赞美之词。彼时,三浦举着酒盅,边啜饮边从旁打趣:'瞧瞧,我说什么来着?'那个瞬间,许是我多心,我觉得这句戏言有些刺耳;那个时刻,许是我多疑,我觉得胜美夫人斜斜看向他的、半嗔半喜的目光已完全出卖了她那过于露骨的妖冶风情。总之,在这简短的对话中,我顿时看到了他俩平日里那股电光火石般的火花。如今想来,三浦的悲剧人生,便是从那时拉开序幕。可在当时,不安的阴影只是在脑中一闪而过,随即,一切如常,我又开始跟三浦热热闹闹地推杯换盏。那晚,名副其实地喝了个痛快并告辞上车后,我还边任由隅田川上的河风吹拂微醉的身体,边一遍又一遍地在心底为他成功找到所谓'有爱情火花的婚姻'而送上祝福。

"然而,一个多月后的一天(当然,此间,我仍与夫妻二人有所往来),新富座剧场刚好上演《于传假名书》,一位医生朋友邀我去看。一落座,刚好看到三浦夫人坐在正对面的包厢中。那时,只要去看戏,我必定带上望远镜。因此,坐在火烧般的红挂毯后的胜美夫人便首次出现在圆形镜头中。她头上似乎插朵玫瑰,白皙的双下巴静静堆在朴素的和服衬领上方。认出对方的同时，对方也抬起妩媚的眼神，轻轻冲我点头致意。我放下望远镜，点头回礼。可不知为何，三浦夫人又慌慌张张地冲我这边回了个礼，且远比之前那次恭敬。我终于意识到第一次注目礼并非送给我。我下意识地巡视身边的高台座席，寻找她回礼的目标。这时，我发现身边的木格座席中坐着一位身穿华丽条纹西装的年轻男人，他似乎也在找胜美夫人回礼的目标。他叼着味道呛人的雪茄，目不转睛地盯着我俩，忽地与我对上了视线。我从那张肤色浅黑的脸上读出某种令人不快的特质，便猛地收回视线，再次举起望远镜。随意往对面包厢中一看，三浦夫人身边还坐着一个女人。说到楢山这位女权论者——应该无人不知、无人不晓吧。当时，楢山颇有名气，是女权主义的代言人。她是楢山的夫人，主张男女同权，同时，绯闻缠身，内容各异。她身穿带家纹的黑色和服，端着肩膀，戴副金边眼镜，俨然保护者，与三浦夫人并排而坐。眼见此景，我不得不生出难以言表的不祥之感。那位女权论者颧骨高耸、薄施粉黛，一个劲地整理衬领，朝我们这边……或者说，怕是朝旁边那位穿条纹西装的男人频送秋波。那天，我从始至终都没能好好欣赏舞台上的菊五郎和左团次，注意力全放在三浦夫人、条纹西装和楢山夫人身上了。绝非夸大其词。耳闻热闹的伴奏声，眼观绚烂的垂樱，心思却完全不在看戏上，一直被不祥的色彩蔓延开来的想象所折磨。因此，戏过半场后没多久、两个女人从包厢中消失时，我才实实在在地松了一口气。女人们退场后，条纹西装仍坐在旁边的木格座席中，不断地吞云吐雾，时不时瞟我一眼。三者已去其二，我也就不像先前那样那么在意那张肤色浅黑的脸了。

"我这说法，听上去像是胡乱猜疑，但那是因为年轻男人的浅黑面孔引起了我的反感。总觉得，我同那男人之间——或说我们同那男人之间——从开始见面时便敌意不断。因此，还不到一个月就在三浦那河畔豪宅里经他介绍再次见到那男人时，我不禁生出一种近似困惑的心情，简直如坠云里雾中。据三浦说，此人乃胜美夫人的表弟，年纪轻轻就得到XX纺织公司的重用，是个有才干的职员。的确，与他同桌共叙、共品佳茗、东拉西扯、吞云吐雾时，我亦立刻察觉到他颇具才能。可就算是个人才，也不会改变我对他的看法。既然是夫人的表弟，那么，看戏时互相打个招呼本就无可非议，不是吗？我多次如此诉诸理性，尽量亲近他，为此努力着。然而，每当差一步就要成功时，他必定要把红茶喝得吱喳有声，要么大刺刺地把烟灰弹在桌面上，要么对自己的抖机灵放声大笑，总要做些令人不快的事，再次引起我的反感。所以，半小时过后，他告辞离去、称要赶赴公司晚宴时，我不由自主地起身走向面向隅田川河面的法式窗，把窗户全部敞开，一心想要驱散室内的恶俗空气。

"此时，三浦一如既往地坐在手持玫瑰花束的胜美夫人的肖像画下，带着确认般的口气说：'你是不是很讨厌那个人？'

"'不知为什么，就是讨厌他，无可奈何。那种人会是夫人的表弟，匪夷所思。'

"'怎么个……匪夷所思法？'

"'嗨，就觉得跟他不是一类人，性子差太多。'

"三浦沉默良久，直勾勾地盯着反射出夕阳余晖的河面，最后终于开口，没头没脑地说：'最近找个时间去钓鱼吧。怎么样？'

"话题从夫人的表弟身上扯开，我很高兴，立刻精神抖擞地答道：'好啊！比起社交，我更擅长钓鱼。'

"三浦这才露出笑容，说：'比起社交，更擅长钓鱼啊，那……我可能是比起谈情说爱，更擅长钓鱼吧。'

"'你的意思是，你能钓到比夫人更棒的猎物？'

"'那样的话，你又会羡慕我了。不是吗？'

"三浦话中有话，听来有如针刺，十分刺耳。透过夕阳余晖，他看上去依旧表情冷淡，执拗地眺望法式窗外那波光粼粼的河面。

"'对了，时间呢？'我问。

"'只要你时间上方便，我都行。'三浦说。

"'行，定好时间后，我给你写信。'说完，我缓缓从红色摩洛哥皮椅上起身，无言地与他握了握手，准备走出这间被夕阳笼罩的神秘书斋，静静地沿着昏暗的走廊独自离去。这时，我意外地发现房门口有个黑影,似乎有人悄悄站在那里,偷听我们的动静。而且,一见我走出房门,那人便凑上前来,用娇媚的声音说道:"哎呀,您要回去啦?"瞬间,我窒了一窒。随后,我冷冷瞥了一眼仍在发上簪朵玫瑰的胜美夫人,无言地冲她点头告辞后,匆匆赶到大门口,上了车。那时,我大概心乱如麻,自己都无法理清头绪。只记得人力车从两国桥上经过时,自己嘴里不停念叨'黛利拉[①]'这个名字。

"自那之后,我参透了三浦忧郁气质下潜藏的秘密。不消说,这秘密顿时在我心底刻出了理应避讳的'通奸'二字。可是,若果真如此,那位理想家三浦为何不断然离婚呢?是怀疑妻子与人通奸却没有证据,还是说,有证据,只因深爱胜美夫人,故而犹豫不决?我尽情做了种种揣测,竟把跟他钓鱼的约定忘得一干二净。约莫半个月内,虽时不时给他去信,却一次也没再踏进他那隔三岔五就要去上一次的河畔豪宅。可刚过半月,我偶然听闻一件事,于是,终于决定借履行前约的机会跟他独处,直接向他阐明我的忧虑。

"事情是这样的。还是那位医生朋友。有一天,我跟他去中村座看戏,傍晚下起雨来。归途中,我俩与自称'珍竹林主人'的《曙光报》资深记者一同冒雨行进,打算到当时位于柳桥的酒

[①] 出自《圣经·旧约》。她是大力士参孙的妻子,美艳绝伦,后背叛参孙,剪掉了参孙带有魔法的头发,将他出卖给腓力斯人。

馆'生稻'去喝一杯。不料，坐在酒馆二楼边听悠悠传来的、令人怀念起江户往昔时光的三味线边享受小酌的乐趣时，具有开化戏作家风范的珍竹林主人突然兴致大发，边说俏皮话边津津乐道地谈起楢山夫人的丑闻。据说，夫人从前曾是神户一洋人的小老婆，还曾招三游亭圆晓为男妾。那是夫人的全盛时期，光金戒指就戴了六个。两三年前，因欠债不还，她被逼得陷入困境，焦头烂额。除这些外，珍竹林主人还揭露出她很多带有内情的、品行不端的往事。其中最令人作呕的是，最近，风传不知哪家的年轻新夫人成了她的小跟班，与她同进同出，且这位年轻夫人时不时会跟这位女权论者一起带男人到水神一带去开房。听见这话后，三浦那若有所思的身影便执拗地浮现在我眼前。本该高高兴兴地推杯换盏，我却连强颜欢笑都做不来。幸而医生很快察觉到我情绪郁闷，进而巧妙地引导对方，不觉间，话题已从楢山夫人身上完全转向他处。我终于松了一口气。好歹能继续聊下去，不至于扫大家的兴。然而，对我来说，那一晚完全是厄运当头。女权论者的八卦已然让人不快，喝完酒跟他俩一同走到'生稻'大门口准备坐人力车回家时，突然，一辆车篷泛着水光的双人座人力车嗖地冲了过来。在我一只脚登上车子的同时，对面车子也住了脚，车中乘客唰地跳将出来。我扫了对方一眼，快速钻进车篷下。车夫抬起车辕，瞬间，我心里生起一股异样的兴奋。'是他！'我不禁低声嘟囔。这个'他'，不是别人，正是肤色浅黑、身穿条纹西装、自称三浦夫人表弟的那个人。因此，当我坐在车里，边倾听雨点敲击车篷边飞驰在灯火通明的大道上时，仍在想那辆双人座人力车上坐的另一个人到底是谁，数次被可怕的不安念头所笼罩。那是栖山夫人，还是在头上簪着玫瑰的胜美夫人？与其说，我是独自被这无法确定的疑问所困扰，毋宁说，我是害怕这问题水落石出。我对自己仓皇上车、缩头缩尾的胆怯作风感到十分恼怒。另一人物到底是三浦的夫人，还是那位女权论者，时至今日，仍是未解之谜。"

本多子爵不知从何处掏出一块大手绢，边轻轻擤鼻涕边环视已染上暮色的展室，静静地说了下去。

"无论如何，这疑问毕竟出自珍竹林主人之口。仅此一点，对三浦来说，已有再三思考的价值。第二天，我立刻去了信，告知他去钓鱼顺便散心的日期。三浦立刻回了信，说那天正好是十六夜，赏月比钓鱼更佳。他打算日落之后泛舟隅田川。当然，我也并不执着于钓鱼这码事，两人一拍即合。当天，我俩在约好的柳桥渔家客栈碰头后，未等月出，便乘上猪牙舟，滑进隅田川。

"那晚的隅田川夜景纵不及往昔那般充满风情，仍保有浮世绘般的美感。我们经过茶楼'万八'门前，来到隅田川河面上。水波轻轻摇曳着轻柔的仲秋落日余晖，波光粼粼的水面上方，两国桥那黑漆漆的栏杆像经过用力研磨的墨条一般，画出一道道向上拱起的'一'字形黑色线条。桥上的往来车马早已笼罩在一片水雾中,唯有穿梭其中的手提灯笼如鬼火提灯般红星点点,令人眼花缭乱。

"'景致不错吧?'三浦说。

"'是啊!若在西洋,如此美景,怕是想看也看不到。'我说。

"'看来,在景致上,你还是比较钟情传统风格。'

"'嗨,也就在景色上另当别论。'

"'不过,近来我已对文明开化厌烦透顶。'

"'听说,看见旧幕府的亲善大使走在法国大街上,那位讲话尖刻的梅里美[①]便对身边的大仲马说:"喂,到底是谁给日本人绑上长得毫无道理的刀?"你若不留神,也会被他抓住挖苦哟。'

"'嗯,我也有个故事。一位名叫何如璋的中国使节住进横滨的旅馆,看见盖在身上的和服式样的大棉被,便发了一通感慨,说:"此乃古时寝衣,看来,此国尚存我国夏周时代遗风。"所以,不能将传统一概斥为无用。'

"说话间,河水渐涨,河面突然暗了下来。我俩一惊,四处张望,才发现所乘小船早已伴着一段摇橹声远离两国桥旁,来到夜色中仍是黑黝黝的首尾松[②]跟前。

[①] 普罗斯佩·梅里美,法国中短篇小说大师,代表作为中篇小说《卡门》。
[②] 江户时代隅田川河畔栽种的一棵松树。去往吉原的船以它为行驶标记,首尾松附近亦是垂钓名所。

"这时,我打算尽快把话题推进到胜美夫人身上,便接过话茬,投下一枚铅锤,试探他的深浅:'你这么留恋传统,可怎么应对那位开化的夫人呢?'

"三浦似对我的问话充耳不闻,只管眺望尚无月光的竹林上空。沉默良久后,他终于把目光转向我,以低沉有力的声音干脆答道:'无所谓怎么应对。大约一周前,我已经跟她离婚了。'

"我被这出人意料的回答搞得措手不及,不禁伸手抓住船帮,粗声问道:'那,你是知道的了?'

"三浦口气依然平静,他用确认般的语气反问道:'这么说,你全知道?'

"'谈不上全知道,只听说过夫人和楢山夫人的关系。'

"'那,我妻子和她表弟的关系呢?'

"'略可推断一二。'

"'既如此,我就不必多言了。'

"'可……你是什么时候觉察到的?'

"'我妻子跟她表弟的关系?婚后三个月——刚好在委托画家五姓田芳梅画她那幅肖像画前。'

"这回答更在我意料之外。我的震惊,你亦可想而知。

"'你为何默认至今?'

"'我不是默认,而是持肯定态度。'

"我第三次为这出人意料的回答而惊诧不已,茫然地盯了他好一会儿。

"三浦不慌不忙地说：'当然，我肯定的并不是妻子跟她表弟当下这段关系，而是那时脑中想象出的关系。你还记得我主张寻找有爱情火花的婚姻吧？我并非为满足一己私欲而提出这种观点，那是我爱情至上的结果。所以，婚后发觉我与她之间的爱情并不纯粹时，我既后悔草率成婚，也同情不得不与我一起生活的妻子。你也知道，我本来身体就不强壮。就算我想去爱妻子，妻子也无法爱我。不，这或许可以解释为，我的爱情火花原本就是贫弱之物，无法点燃对方的热情。所以我想，若妻子和她表弟之间的爱情比我和她之间的爱情更纯粹，我乐于为他俩这纯洁的青梅竹马做出牺牲。如若不然，我所主张的爱情至上于现实来说便一文不值。有朝一日，万一推测成真，我就将那张肖像画留在书斋里，作为妻子的替身。'

"说着，三浦又朝对岸上空看去。可那里的天空仿佛垂下黑幕，松浦公馆上方，橡树参天，黑压压的一片，月光丝毫没有即将从云层后探出头来的迹象。我点上一根烟，催促道：'后来呢？'

"'没过多久，我就发现妻子和她表弟之间的爱情火花不纯洁。直白地说，那男人跟楢山夫人也有奸情。你大概不想问我是怎么发现的，事到如今，我也不想说。总之，我只能说，是在某个极其偶然的情况下亲眼看见他们幽会。'

"我把烟灰磕在船帮外,心中清晰忆起雨夜中'生稻'酒馆前看到的那一幕。

"三浦毫无滞势,继续讲道:'对我来说,那无异于第一重打击。肯定他俩关系的依据已失去一半,我自然无法再用善意的眼神去看待他们的关系。我记得那正是你从朝鲜回来的那段时间。那时,我每天都为如何把妻子从她表弟身边夺回来而头疼。就算那男人的爱情中有虚假成分,妻子肯定对他一往情深——我深信这一点。我还相信,为了妻子的幸福,我有必要为他们的关系做出推动。可他们——至少是妻子吧,感受到我的态度后,似乎把它理解为一直对此事一无所知的我终于察觉出他俩的关系故而生出嫉妒心。自那之后,她就开始带着敌意监视我。哦,从某种意义上说,或许对你也兴起了同样的警戒心。'

"'如此说来,夫人曾偷听过我俩在书斋中的谈话。'

"'没错,她的确干得出那种事。'

"我俩相对无言,沉默了一会儿,静静眺望着河面。此时,我们乘坐的小船已穿过御厩桥下,在夜色中的水面上轻轻划出涟漪,渐渐接近驹形附近的林荫道。小船行驶中,三浦又用低沉的声音说了起来。

"'当时,我还没开始怀疑妻子对我不忠。对无法和妻子心灵相通这一点——非但不能心灵相通,反而彼此憎恶这件事——我备感烦闷。从去新桥接你那天开始,直到今天,我始终被迫与这种烦闷作抗争。大约一周前，女佣错把寄给妻子的信送进了我的书斋，我立刻想到了妻子的表弟。接着，我终于……拆开了那封信。不料，那竟是其他男人送给她的情书。换言之，妻子对她表弟的爱情也不是纯粹的。不消说，这第二重打击带给我的可怕重击远比第一次强烈，击碎了我的一切理想。然而，与此同时，我又体会到一种可悲的慰藉之情，身上的重担突然减轻了。'

"三浦说完这番话时，对岸的成排仓库上方升起一轮红得可怕的十六夜圆月，很快便爬上中天。刚才，看着芳年那幅浮世绘中身穿西装的菊五郎，我便想起三浦，就是因为当年那轮红色圆月酷似那场戏中的红月。

"那位肤色白皙，长脸，长发中分的三浦眺望着那样的红月，带着寂寞的微笑说道：'以前，你曾贬斥过《神风连》，说他们的舍命抗争乃是幼稚的梦想。那么，在你眼中，我的婚姻生活同样也——'

"'没错，或许也是一场幼稚的梦。可是，百年之后回头再看，如今所追求的开化之路，焉知不是同样幼稚的梦一场？'"

本多子爵刚讲到这里，不知何时已来到我俩身边的警卫告诉我们，闭馆时间已到。子爵和我慢慢站起身，再次巡视身边的浮世绘和铜版画，然后，静静走出昏暗的展室，仿佛自身也成为那自玻璃展柜中浮现出的昔日幽灵。

蜘蛛之丝

一

一日，佛祖释迦牟尼独自在极乐净土的宝莲池畔信步游走。池中莲花盛开，朵朵洁白如玉。花心中，金蕊送香，香气胜妙，妙不可言，熏遍十方。此时的极乐净土，正值清晨时分。

俄而，佛祖伫立池畔，偶然自覆盖水面的莲叶间阅到池下的情景。极乐莲池下正是十八层地狱的最底层。透过水晶般澄澈的池水，三途河与刀山剑树的景象仿若现于放大镜下一般，清晰可见。

这时，一位名为犍陀多的男子与其他罪人同在地狱底层苦苦挣扎的情景映入佛祖眼中。佛祖记得，这犍陀多虽是个杀人放火、无恶不作的大盗，却也有过一项善举。却说某日，此人自深山老林中经过，见路旁有只小小的蜘蛛在爬行，本欲抬脚踩下，忽又转念一想："不可，不可。身体虽小，到底是条命。胡乱践踏，岂不可怜？"终究放了蜘蛛一条生路。

佛祖看着地狱中的景象，忆起犍陀多曾放生蜘蛛一事。善举虽小，念其有德，佛祖亦愿施予善报，助其脱离苦海。说来也巧，侧头一望，绿如翡翠的莲叶上，一只蜘蛛正在吐纳美丽的银色丝线。佛祖轻轻拈起一根蛛丝，从莹洁如玉的白莲之间径直垂下，垂入幽深的地狱深处。

二

且说犍陀多。他正与罪人们同在地狱底层的血池中且沉且浮。目之所及，一片漆黑。偶有光亮闪现，却原来，是刀山剑树影影绰绰，望之令人胆战心惊。周围亦是一片死寂，如同置身坟墓之中。偶有声音入耳，也不过是罪人们的叹息。凡坠入此处，想必已饱受地狱之苦，心力交瘁，连哭出声的力气都没有了。因此，即便是大盗犍陀多，也只能忍受血水呛喉，如濒死的青蛙般拼命挣扎。

不经意间，犍陀多抬头朝血池上方望去。不知何时，幽暗之中，银色的蛛丝从天而降，仿佛避人耳目似的，垂落到自己头上。蛛丝细细一线，微微泛光，顺势滑下。一见此景，犍陀多喜不自胜，拊掌大笑，心想，若能抓住蛛丝，攀爬而上，必能脱离苦海。不，若行事顺利，兴许还能登上极乐世界哩。如此一来，莫说刀山剑树之刑，沉沦血池之苦或许亦可免除。

想到这里，犍陀多赶紧伸出双手，紧紧抓住蛛丝，一点一点，拼命攀爬起来。生前既为大盗，攀索之类，自然不在话下。

然而，地狱与净土间相隔何止千万里。纵然再心急，可要想爬出地狱，谈何容易。爬过一程后，犍陀多渐渐精疲力竭，再无力气向上伸手多爬一寸。无奈之下，他只得暂作歇息，拽住蛛丝悬在半空，远远向下眺望。

努力攀爬总算有了价值。不知从何时起，片刻前还身处其中的血池，如今已隐没在黑暗中。闪着寒光的、令人心惊胆战的刀山剑影亦被自己踩在脚下。照此势头继续攀登，或许逃出地狱也并非痴人说梦。犍陀多双手拽紧蛛丝，放声大笑："妙哉！妙哉！"——自落入地狱，他多年不曾发出这种声音。然而，此时，他蓦地发现蛛丝下方竟有数不清的罪人亦步亦趋，如蚁群行列般，一寸一寸、一心一意地攀了上来。一望之下，犍陀多又惊又怕。好一会儿，他都呆若木鸡，张大嘴巴，双眼发直。蛛丝细细一线，不堪重负，承受自身一人体重尚岌岌可危，如何经得起这么多人攀附？万一中途断裂，连千辛万苦来到这个位置的、最重要的自己，都不得不坠回苦海。那样一来，岂不糟糕？转念之间，成百上千的罪人们已在微微泛光的细细蛛丝上串成一列，前赴后继，自幽暗的血池池底蠕动攀爬而上。再不采取行动，蛛丝必定从中断裂，自己势必落回原地。

于是，犍陀多大喝一声："喂，你们这群罪人！蛛丝是我的！谁让你们爬上来的？滚下去！快滚下去！"

说时迟那时快，方才还好端端的蛛丝突然"铮"的一声从吊着犍陀多的地方断裂开来。犍陀多自然无可依附，转眼间，便如陀螺般滴溜溜打着转儿，势如破竹，一头栽进深不见底的黑暗里。

无月无星的半空中，唯有残缺不全的、来自极乐净土的半根蛛丝微微闪着银光，自上方垂下。

三

佛祖站在宝莲池畔，目睹了事情的来龙去脉。待犍陀多如石块般沉入血池深处后，佛祖面露悲色，复又踱起步来。犍陀多欲独自脱离苦海，没有慈悲之心，得此报应，重堕地狱，在佛祖眼中，想必也算可叹可悲。

不过，极乐莲池里的莲花并不理会这等事。洁白如玉的花朵在佛祖脚边款款摆动，花萼轻轻摇曳。花心中，金蕊送香，香气胜妙，妙不可言，熏遍十方。此时的极乐净土，已近正午时分。

黄粱一梦

卢生自觉已身死。眼前一片黑暗，子孙的啜泣声也渐渐远去。接着，脚上仿佛拴着无形的秤砣，身体逐渐下坠——蓦地，他骤然一惊，不由张大双眼。

道士吕翁仍旧坐在枕畔，店家炊的黄米饭似乎尚未蒸熟。卢生自青瓷枕上抬起头，边揉眼边伸了个大大的懒腰。邯郸的秋日傍晚，即便有阳光落在树叶凋零的枝头，仍会袭来丝丝凉意。

"醒啦。"吕翁咬咬胡须，憨笑问道。

"嗯。"

"入梦了吧？"

"入了。"

"梦境如何？"

"过程颇长。起先，我娶了清河崔氏为妻。似乎是位容姿端丽的女子。翌年，中了进士，任渭南县尉。再然后，历经监察御史，起居舍人，知制诰，步步高升，至同中书门下平章事。因受小人谗言所累，险些被杀，幸而被人救起，保住一命，流放欢州。此后，蹉跎了约五六年，终于沉冤得雪，应召回京，官拜中书令，被封为燕国公。此时，我年事已高，得子五人，孙儿也有十几人。"

"之后又如何？"

"死了。我记得，该是八十有余。"

吕翁得意地捋捋胡须。

"宠辱之道，穷达之运，个中滋味，可谓尽皆尝遍。甚好。人之一世，亦如是矣。既如此，对人生的执着与热意，该有所减退了吧？既知得失之理、生死之情，就该明白此一道理：所谓人生，不过尔尔。是也不是？"

闻言，卢生颇为不耐。听着对方的谆谆教导，他扬起年轻的脸庞，目光炯炯，如此答道："正因是梦，才需真活。彼梦会醒，此梦亦有醒来之时。人活一世，唯愿此生精彩纷呈，方不辜负自己。先生以为如何？"

吕翁皱着眉头，不置可否，再无话说。

译后记

芥川龙之介其人，若不知其小说家身份，仅透过黑白照片拜见真容，或许很难想象这位天庭饱满、相貌堂堂、目光深邃、气质潇洒的男子，会在由而立之年迈向不惑之年时不负"龙"吟之威的文坛成就中主动赴死，只留下那些至今仍震撼世间的、大大小小的华彩篇章，任由它们长啸九天。

"最聪明的处世法，乃是既看轻世俗，又活得与之不相矛盾。"这句话出自格言式评论《侏儒警语》。只此一句，文人的敏感性和通透性便表露无遗。在专门研究芥川其人其作的研究论文中，不乏将他的主动赴死归结为"矛盾心理"的阐述。矛盾促生出思考，思考转化为创作，创作诞生出作品，作品生发出美。在极端的语境下，说是"矛盾创造了美"，亦不为过吧。

在矛盾转化为美的过程中，思考是至关重要的一环。芥川并非一位以丰富的自身经历来书写人性的作家，他幼少读书，涉猎广泛，创作时，素材便信手拈来——或从历史故事中来，或从神话传说中来，或从中国小说中来，或从自身见闻中来。芥川自书中走入人生，在人生中见识到与书中理想相矛盾的现实，遂对现实产生思考，对当时日本社会文化的变革产生困惑和失望。例如《秋山图》，就是借由前后矛盾的同一事物，来探讨"什么是永恒的价值"。清代著名画家恽寿平所著《瓯香馆集》中刊有篇目《纪秋山图始末》；《秋山图》一文，据此写来。试看《纪秋山图始末》中烟客先生初次在张氏大宅中见到画作时的描写："其图乃用青绿设色，写丛林红叶，翕赧如火，研朱点之，甚奇丽。上起正峰，纯是翠黛，用房山横点积成。白云笼其下，云以粉汁澹之，彩翠烂然。村墟篱落，平沙丛杂，小桥相映带，丘壑灵奇。笔墨浑厚，赋色丽而神古。"芥川文中亦保留此段，只是取白话文体裁。毫无疑问，五十年前的《秋山图》确是真迹。那么，五十年后，为何同样的人面对同样的画却犹豫起来，无法判定真伪，甚至怀疑眼前这幅为赝品呢？

五十年前，萧索的张宅主人对这幅画几乎采取顶礼膜拜的态度，与人论画时，竟"像未经人事的少女般脸红起来"，虽受重金诱惑，亦不曾卖画换钱；五十年后，华贵的王府主人不但对张氏之孙"尊为上宾，唤出姬妾，奏乐助兴，盛宴款待，赠以千金"，还将画当作展示道具、满足虚荣心的工具。这正是古典艺术遭遇现代社会所产生出的矛盾。应如何处理这种矛盾呢？"那张奇妙的《秋山图》不是清晰地烙在心里了吗？就算它不存在，也没什么可遗憾的，不是吗？"——真正的艺术品，具有不可复制的特性。这才是永恒的、无法取代的价值。同样是取自中国，《黄粱一梦》讲述的却是另一类主旨。唐传奇《枕中记》经芥川演绎，引申出了更加丰富的人生哲理。在这篇小说的末尾，芥川借卢生之口表达出积极的人生态度："正因人生如梦，才需真活。人活一世，唯愿此生精彩纷呈，方不辜负自己。"何等洁净纯粹的认识！芥川经常对人生、对人性表示蔑视，同时，又常常对人生、对人性感到喜爱。他的通透也表现在参透生死轮回、善恶祸福、因果报应的概念上。《蜘蛛之丝》仅用不到两千字，就将佛教观念表达得一清二楚。短篇小说作成这样，已臻化境。

芥川创作小说，不单追求挖掘深刻的立意，也注重打磨完美的技巧。在《艺术及其他》一文中，他指出："艺术家须力求使作品完美。如若不然，献身艺术便全无意义。完美并非指读来完美无缺的作品，而是指在艺术上彻底实现每一个细分发展出的理想。"在前期创作中，他抱定艺术至上的创作理念。完美表现这个理念的，当属《戏作三昧》和《地狱变》这两篇。《戏作三昧》中的马琴身处江户时代，这位已过花甲之年的老作家正在撰写一部最伟大的著作。然而，他面临着许多困境：去泡澡时，遇到品位肤浅的狂热读者和语言恶毒的伪读者；回到家，性格油滑的书商正等在家里，商人的言行严重伤害了身为艺术家的他的自尊心；对书商下完逐客令后，忆起曾因来信请求拜师遭到拒绝进而恼羞成怒侮辱自己人格的青年后辈；好友华山来访，边鉴赏画作边听其劝解也没有放松心情，反而增添了不安；乘兴写起《八犬传》，却进行得不顺利……此时，外出的一家人回来了。天真烂漫的小孙子给他的内心带来极大的慰藉，他回到桌前，文思泉涌，下笔有神。他的眼中已"没有利害得失，也没有爱恨之情，只有不可思议的愉悦感，一种感激之情。不懂这种感激之情的人，又怎能品味到戏作三昧的甘美？"沉浸在艺术世界中一心一意追求某种境界的马琴，正是芥川本人的真实写照。

在另一篇表现同类主旨的《地狱变》中，生活在平安时代的主人公良秀，结局却凄惨许多。这个故事被改编成漫画、动画、电影，内容可谓深入人心。为绘制地狱变相图，夹在亲情和艺术中的良秀为追求艺术上的完整，选择牺牲女儿，摒弃人性。最终，他画出了一幅稀世杰作，同时，也结束了自己的生命。《地狱变》被看作芥川在追求艺术上的一个缩影，也是芥川文学必读之精品篇章。对自己的理想和追求不放弃、不妥协，这样的精神，在小人物身上也有所体现。《毛利老师》中就塑造了这样一个知识分子。师者，所以传道授业解惑也。任凭再怎么其貌不扬，对于教育的热忱和与生俱来的责任感，还是使得这位老师的形象高大起来。就连那唯唯诺诺的个性，读来亦觉得亲切，正如你我身边随处可见的人那般。译这篇时，译者眼前每每浮现出刚开始学习日语时遇到的一位老师。那位老师一样其貌不扬，讲话略显啰唆，然而抄写板书时工工整整，讲解问题时细致入微。多亏这位老师，译者才将枯燥的学习过程坚持下来。可见，"天生的教育家"的确存在。

　　与"坚持什么"相反，还有一类作品，则表达了"怀疑主义"这一主旨。笛卡尔曾说："如果你想成为真正的真理探索者，那么，只要有可能，在你的生命历程中，你有必要对所有事物至少怀疑一次。"芥川本人亦在《小说作法十则》中阐述："对于任何事物，我都是一个怀疑者。"虽然芥川和笛卡尔的探讨方向有些不一致，但大体上说，怀疑主义是这样一个倾向：它是工具，不是态度；它是手段，不是立场。在《西乡隆盛》中，老人通过让青年亲眼看见一位活脱是西乡隆盛的人来使青年怀疑起自己曾十分笃定的历史假说，并抛出皮浪怀疑论的核心——搁置争议。即，既不肯定，也不否定。老人称，记录历史时，记录者会自行做出取舍，导致历史真相成为"无法辨清真伪"的暧昧状态。在表达不可知论的概念上，或许《竹林中》诠释得更加精准到位。一件凶杀案，三个嫌疑人，七份证词。出于各自的目的，嫌疑人都在自己的故事版本中撒了谎，使得一件脉络清晰的案件成为永远不可能被解开的悬案。真凶是谁已然不重要。重要的是，若我们所见之客观世界中的真实来源于他人的语言，一旦这些语言信息真假难辨，我们所相信的"真"也会随时崩塌。1950年，这个故事被电影大师黑泽明搬上银幕，并改名为"罗生门"，故事中的人物从竹林中移到了罗生门下，与另一名篇《罗生门》做了完美融合。从大的方向上看，《罗生门》与《竹林中》一样，都是冷静地将人性和利己主义剖析出来，展示在读者面前。家仆本不欲成为强盗，然而在目睹老妪拔女尸头发去换钱的举动后，终于抛开道德约束，以自己也要讨生活为借口，抢走老妪衣服，成为真正的盗贼，贯彻了利己主义。而在《鼻子》一文中，实际上，是利己主义者们在左右内供的鼻子长短。他们习惯于将长鼻子的内供摆在下方供自己俯视取笑。一旦内供的鼻子正常，便刻薄起来，希望他重拾不正常。芥川极力揭露人性之恶，也努力描绘着人性之善。比如《橘子》和《秋》这两篇以现实为题材的作品。前者我们很熟悉，至少，译者小时候的语文课本中曾有收录。读到那几个金灿灿的橘子从车窗落向小女孩的几个弟弟身边时，不知怎的，这一幕竟成了瞬间凝固的油画画作，在译者脑海中驻扎多年，至今不能忘怀。《秋》中的姐姐为让妹妹幸福，忍痛割爱，让出了爱人。三人重逢后，虽然妹妹已将爱情凌驾于亲情之上，姐姐仍旧什么也没说，只是带着对往昔姐妹情的怀念，默默离开了。除此之外，本书中还收录《舞会》和《开化的丈夫》这两篇反映明治开化时期西方文化对日本社会的影响的作品，表达了人生无常、如夜空烟火般转瞬即逝的主旨。《海市蜃楼》则是他殁前不久的作品，显示出阴郁的基调。辞世之念，或许此时已露端倪。

一代文学"鬼才"已逝，然而，他的作品终究没有像他预料的那样"积满灰尘，摆在神田一带的旧书店角落里，徒然等候读者的光顾"。非但不是如此，去世后仅八年，世间便以他的名字设立"芥川文学奖"，这也成为纯文学奖的代表奖项。若他泉下有知，或可得到一丝宽慰。

芥川的作品早有全集译作出版。此次新译，目的在于精选芥川的经典篇章集结成册。翻译过程中，译者与这些流芳短篇面对面，又一次做了对话，心中雀跃不已。若您通过阅读本书，也能对这位大正短篇文豪兴起一股朦胧的意识，进而主动通读他所有作品、细细品味他给人精神上带来的震撼与启发，作为译者，便不胜欣喜。

朱娅姣

出品人：许　永
出版统筹：林园林
责任编辑：许宗华
特邀编辑：林园林
装帧设计：海　云
印制总监：蒋　波
发行总监：田峰峥

投稿信箱：cmsdbj@163.com
发　　行：北京创美汇品图书有限公司
发行热线：010-59799930

创美工厂官方微博　　创美工厂微信公众号